अमेज़न बेस्ट्सेलर "*Yours Legally*" का हिन्दी अनुवाद

'आपकी सिया एल एल. बी.'

(लघु कहानियों का संकलन)

सोनिया राहिजवानी

हिन्दी अनुवादकः श्री रजनीश कौशल, (शाइन ट्रान्सलेटर्स, चंडीगढ़)

२०२० में प्रकाशित
बिकमशेक्सपियर.कॉम

वन पॉइंट सिक्स टेक्नोलोजीस प्राइवेट लिमिटेड
१२३, बिल्डिंग जे–२, श्रम सेवा प्रेमिसेस,
वडाला ट्रक टर्मिनस
वडाला (पूर्व), मुम्बई–400037
दूरभाषः +९१ ८०८०२ २६६९९

हिन्दी **शीर्षकः** सुलभ सैनी
संपादकः अजीत सहिजवानी एवं सोनिया सहिजवानी

ISBN- 978–93–90463–11–4
आई. एस. बी. एन.: ९७८–९३–९०४६३–११–४

मेरे माता पिता को समर्पित....

सोनिया सहिजवानी, पेशे से वकील और इच्छा से लेखिका, वर्तमान में, एक सरकारी उपक्रम के विधि कक्ष में कार्यरत है। सन 2019 में, लेखिका की दो पुस्तकें प्रकाशित हुई— 'यौर्स लीगली', उनके द्वारा आँखों देखी एवं स्वयं अनुभव करी कुछ घटनाओं पर आधारित, लघु कहानियों का संकलन एवं, 'बेबी ऑन बोर्ड', जो की लेखिका के मातृत्त्व के सफर का सच्चा एवं निर्भीक वर्णन है।

लेखिका एवं उनकी किताबें पिछले वर्ष, कई पुस्तक मेलों तथा साहित्य समारोह का हिस्सा रही हैं। लेखिका सोशल मीडिया, कई डिजिटल मीडिया तथा प्रिंट मीडिया में लगातार चर्चा में रही हैं। 'यौर्स लीगली' कानून के क्षेत्र को निष्पक्ष रूप से दर्शाने के कारण हर उम्र, पेशे के पाठकों को भायी है, और इस पेशे से संबन्धित उन चुनिन्दा किताबों में से है जो भारत में प्रकाशित हुई हैं। वहीं दूसरी ओर, समाज में मातृत्व के प्रति सोच को बदलने एवं पिताओं की भूमिका को बराबरी महत्व देने के लक्ष्य से लिखी गयी उनकी दूसरी किताब 'बेबी ऑन बोर्ड' के लिए उन्हे हाल ही में, '*इंडियन लिटररी आवार्ड्स— 2020*' में '*सर्वश्रेष्ठ लेखक — (जूरी)*' का सम्मान मिला है।

बचपन से ही किताबें पढ़ने एवं लिखने में खास रुची रखती हुई उनका हमेशा से ही सपना था की एक दिन, वह अपना नाम, लेखिका के रूप में उनकी खुद की किताब पर देखे।

अपनी सच्ची एवं सरल रचनाओं के माध्यम से, लेखिका, हर उम्र, लिंग, जाती एवं पेशे के पाठकों तक पहुँचना चाहती है एवं उन्हे किसी तरह प्रेरित करने का आकांक्षा रखती है।

आपकी सिया एल एल. बी. उनकी तीसरी पुस्तक है।

विषय - सूची

प्रस्तावना

"इस पुस्तक का हिन्दी में अनुवाद करने का अवसर देने के लिए मैं लेखिका का दिल से धन्यवाद करता हूँ। इस माध्यम से मुझे अपनी मातृ–भाषा की सेवा करने का अवसर मिला है। यद्यपि अनुवाद का एक ईमानदार प्रयास किया गया है फिर भी भाषा से सम्बन्धित किसी त्रुटि के लिए, मैं पाठकों से माफी चाहता हूँ।

इस पुस्तक के बारे में बात करते हुए, मैं बस इतना कहना चाहूँगा कि लेखिका के द्वारा, इस पुस्तक में, वास्तविकता से परिचय करवाया गया है। चूंकि मैं स्वयं कानून के पेशे से सम्बन्ध रखता हूँ, मैं यह निश्चित रूप से कह सकता हूँ कि, लेखिका ने इस पुस्तक में, अपनी नायिका 'सिया' के माध्यम से जो कहने का प्रयास किया है, वह वास्तव में किसी न किसी रूप में हमारे देश की अदालतों में हर दिन होता है। पुस्तक में जिन परिस्थितियों का सामना नायिका सिया करती है, उनका सामना अदालत में, हर देशवासी करता है। लेखिका ने जेल के अंदर का जो परिदृश्य दिखाने का प्रयास किया, वह भी सच्चाई ब्यान करता है।

मैं आशा करता हूँ कि यह पुस्तक कानून के पेशे से जुड़े लोगों के साथ–साथ उन लोगों को भी बहुत पसंद आएगी, जो इस पेशे की कार्यप्रणाली के बारे में अधिक नहीं जानते। तथा चूंकि हिंदी जन–साधारण की भाषा है, इस पुस्तक को पढ़ने का आनंद हम सभी उठा सकते हैं।"

– श्री रजनीश कौशल
(शाइन ट्रान्सलेटर्स, चंडीगढ़)

आभार

यह पुस्तक मैं अपने एवं, मेरे पती के माता पिता, मेरी बड़ी बहन मेघा, अदित्या, नाइमा, सुहान तथा मेरे विस्तृत परिवार को समर्पित करना चाहूंगी। मैं खुशनसीब हूँ की मुझे एक ही जिंदगी में, इतने चाहने और सराहने वाले मिले। उम्मीद है कि मुझे एक लेखिका के रूप में सफल होते देख, मेरे प्रियजन मुझ पर गर्व महसूस करते हैं।

श्री अरुण मिर्चंदानी जी– मेरे लिए आप ही हमेशा मेरे 'सी. एम. डी. (CMD) सर रहेंगे। मैं हर दिन दुआ करती हूँ की मुझ पर, आपका आशीर्वाद, जिंदगी भर बना रहे।

ध्रुव– भाई कम, दोस्त ज्यादा। उम्र का विचारों के मिलने से कोई ताल्लुक नहीं, ये हमसे बेहतर कोई नहीं समझता। मेरे अंदर के लेखक को जगाए रखने, और ईमानदारी से, अपनी बहन का समर्थन करने के लिए धन्यवाद ।

नितिन– मेरे सच्चे समीक्षक: इस पुस्तक के प्रकाशन के सफर में तुम्हारा सतत साथ रहा है। मेरे मन और उसकी भावनाओं को बखूबी समझ, मेरे अंतहीन सवालों को धैर्यपूर्वक सुनने तथा, अपनी निष्पक्ष प्रतिक्रिया देने के लिए धन्यवाद।

'मेरे लिए कुछ भी असंभव नहीं', ये समय–समय पर मुझे याद दिलाते रहने के लिए, मैं सदैव तुम्हारी दिल से शुक्रगुज़ार हूँ और रहूँगी।

अमन– एक खुश एवं सकारात्मक इंसान ही एक अच्छा और सफल लेखक बन सकता है, जो अपनी रचनाओं में भी वही मूल भावना व्यक्त करने में सक्षम हो पता है।

मैंने तुमसे सदैव आशावादी रहना सीखा है और प्रतिदिन अप्रत्यक्ष रुप से तुमसे बहुत कुछ नया सीखती हूँ। मुझे हँसाते रहने के लिए और मेरी प्रतिभाओं को सबके सामने सराहने के लिए, शुक्रिया।

मेरे सपनों को साकार करने में मेरे प्रकाशक *'बिकम शेक्सपियर'* (लीडस्टार्ट पब्लिशिंग की सहयोगी संस्था) का बहुत बड़ा योगदान है।

सुश्री मीरल— मेरी प्रोजेक्ट मैनेजर, जो पिछले दो वर्षों से मेरे साथ जुड़ी हुई हैं। आपकी सतत सहायता, सहयोग, मूल्यवान जानकारी, विचार व मार्गदर्शन के लिए दिल से शुक्रिया।

श्री रजनीश कौशल जी— मेरी अँग्रेजी पुस्तक के हिन्दी अनुवादक— आपकी मेहनत एवं सहायता के बिना, इस किताब का प्रकाशित होना संभव न था। मैं आशा करती हूँ कि हमें साथ काम करने का अवसर दुबारा ज़रूर मिले।

और अंत में, मेरे जीवन साथी, सुलभ— तुम्हें क्या कहूँ, मैं निशब्द हूँ।
जबसे होश संभाला है, तुम्हें अपने संग ही पाया है।
भले ही हमारा व्यक्तित्व अलग हो, परंतु हमारा मन एवं दिल बचपन से ही जुड़े हुए हैं और सदैव रहेंगे।
शुक्रिया, हमेशा मेरा साथ देने के लिए, मेरी अनगिनत महत्वकांक्षाओं को समझने और मुझे निरंतर प्रेरित एवं प्रोत्साहित करने के लिए।
असली खुशी छोटे छोटे पलों में ही निहित होती; ये मैंने तुमसे सीखा है।

ये ज़िंदगी, तुम्हारे नाम।

उद्‌घोषणा

यह पुस्तक लेखिका की एक काल्पनिक रचना है तथा किसी जीवित पात्र, स्थान, घटना या प्रसंग के साथ कोई भी मेल *(बशर्ते जहाँ लेखिका के द्वारा स्वयं बताया गया हो)* पूरी तरह से संयोग व अनजाने में होगा। लेखिका का कानून के क्षेत्र, देश की कानून व न्याय प्रणाली तथा वकीलों, न्यायाधीशों के प्रति पूरा सम्मान तथा आदर है। कहानियां, मात्र लेखिका के वास्तविक जीवन की घटनाओं से प्रेरित हैं तथा इनका उद्देश्य, किसी की नकारात्मक छवि को प्रस्तुत करना नहीं है।

परन्तु, जैसा की सब जानते और मानते हैं, मनुष्य गलतियों का पुतला है। फिर भी, मेरा यह दृढ़ विश्वास है की, माफ करना मानवीयता की निशानी है।

यदि किसी स्तर पर, मैं किसी की भी भावनाओं को आहत करूँ तो मैं उसके लिए क्षमा चाहती हूँ।

"Res Ipsa Loquitor"

'घटना स्वयं अपना प्रमाण है।'

प्रस्ताव

मुझे अच्छी तरह याद है, जब मैं स्कूल में थी, मैं अपने माता–पिता के साथ संभवतः प्रत्येक चीज़ पर बहुत वाद विवाद करती थी *(जो मैं अभी भी करती हूँ)!!* मेरे पिता मुझे *हंसते हुए कहते थे, 'तुझे तो वकील बनना चाहिए, बस बहस करती रहती है।'* मैंने कभी नहीं सोचा था कि एक दिन, वाकई में यह सच हो जाएगा।

मुझे इस पेशे के बारे में कोई जानकारी नहीं थी, क्योंकि ना तो मेरे परिवार, में ना ही मेरा कोई भी जानने वाला ऐसा व्यक्ति था, जिसने, इस क्षेत्र में काम किया हो। फिर भी, अपनी स्नातक की पढ़ाई के दौरान मैंने जो कानून के विषय पढ़े, उन्होंने मुझे अपनी ओर आकर्षित किया तथा मैं, इस पेशे में, अपनी किस्मत आज़माने के लिए उत्सुक थी।

एक चीज़, दूसरे की ओर ले गई व बिना ये जाने कि अगले तीन वर्षों ने मेरे लिए क्या छुपा रखा है, एक दिन, मैंने स्वयं को, दिल्ली के प्रसिद्ध वकालत के महाविद्यालय में प्रवेश करते हुए पाया।

परंतु अपनी पहली किताब *यौर्स लीगली (Yours Legally)* के प्रकाशित होने के पश्चात मुझे यह एहसास हुआ की क्यों मैंने, सभी को आश्चर्यचकित करते हुए,

पत्रकारिता से कानून के क्षेत्र की ओर रूख किया। यह सोचकर मुझे अत्यंत आनंद तथा संतुष्टि मिलती है की इस पेशे में रहते हुए, मैं अपने लेखक बनने के सपने को पूरा कर पाई, जिसे मैंने एक युवा लड़की के रूप में देखा था।

सच तो यह है की कानून की दुनिया बहुत ही रोचक व चुनिन्दा चुनौतीपूर्ण पेशों में से एक है। एक वकील का जीवन स्वयं में एक छोटा सा संसार है। जिनके पास सौम्यता, धृष्टता व ललक है, केवल वही लम्बे समय तक इस क्षेत्र में टिक पाते हैं। समय की सीमा को न देखते हुए, न्यायालय, कार्यालय, चौंबर, घर की भाग–दौड़ में ही, अक्सर दिन निकाल जाता है। वकील की व्यक्तिगत ज़िंदगी पर भी इसका असर साफ दिखता है।

कानून के क्षेत्र में प्रवेश करना शायद इतना कठिन कार्य नहीं है। परन्तु, इस पेशे से प्रतिदिन जुड़ने वाले हजारों वकीलों के बीच, स्वयं को एक सभ्य व प्रतिष्ठित वकील के रूप में स्थापित करना वास्तव में एक मुश्किल कार्य है, जिसे मैंने कुछ ही समय में जान लिया।

इन सब के बीच में जो बात मुझे सबसे अधिक रोचक लगी तथा जिसने मुझे प्रेरित किया, वे वो विविध, ज्ञानवर्धक व कभी–कभी तनावपूर्ण अनुभव हैं, जिनका सामना एक व्यक्ति को, देश के न्यायालयों में होता है। अपने शुरुआती प्रशिक्षण समय के दौरान, मैंने अक्सर, बिना किसी परिणाम के, कोर्ट में घंटों अपने मुकद्दमें का इंतजार किया तथा कई दफा, न्यायाधीश के द्वारा अनुकूल आदेश पारित ना होते हुए देखा।

इस सब से हताश हो, मैं हर दफा मन बना लेती थी कि मैं न्यायालय परिसर में दोबारा प्रवेश नहीं करूंगी।

दुर्भाग्यवश कहें या सौभाग्यवश, अगले दिन, यह सभी खयाल मानो व्यर्थ हो जाते थे जब मैं स्वयं को, दूसरे मुकद्दमों के लिए, फिर से उत्साह एवं जोश के साथ तैयार करता हुआ पाती थी। और मैं ये भली भाँति जानती थी कि शायद यह दिन भी, पिछले दिन की तरह बीत जाएगा।

यह सुनने में भले ही विचित्र लगे, परंतु सच में यह व्यवसाय आपको बस इसका आदी बना देता है।

हर व्यक्ति कानून व न्यायालयों से दूर रहना चाहता है। क्या यह पर्याप्त सत्य नहीं है? इस पेशे में रहते हुए मैं यह प्रतिदिन प्रार्थना करती हूँ कि मेरे प्रियजन कभी भी कानूनी प्रक्रियाओं में संलिप्त न हो, क्योंकि हम सभी जानते हैं कि यह कोई अग्नि परीक्षा से कम नहीं हैं।

फिर भी, इस भय व संशय के बावजूद, कानून का क्षेत्र एक उथल–पुथल भरी सवारी के समान है। मुझे पूर्ण विश्वास है कि इस क्षेत्र में एक बार प्रवेश करने के बाद, इससे बाहर निकलना, प्रायः अधिक कठिन है।

उपरोक्त पृष्ठभूमि में शायद अब तक, मेरे नए पाठकों अर्थात आपको इस पुस्तक के बारे में थोड़ी सी जानकारी मिल गई होगी।

अब मैं आपको इस पुस्तक की छोटी सी झलक देना चाहूँगी। जैसा की नाम से स्पष्ट है, इस कहानी की सूत्रधार मेरी नायिका **'सिया'** है, जो कि एक उभरती हुई महत्वाकांक्षी वकील है।

सिया के माध्यम से ब्यान की गई कहानियां, लेखक, यानि मेरी आँखों देखी, चंद घटनाओं से प्रेरित हैं, जो कानून की प्रणाली में मेरे विविध विकल्पों के दौरान घटित हुई। यह वे छः घटनाएं हैं जिन्होंने मुझे असाधारण रूप से प्रभावित किया, तथा जीवन के बारे में भी बहुत कुछ सिखाया।

सामान्यतः, एक पुस्तक जो लघु कहानियों का संग्रह है, में प्रत्येक कहानी एक स्वतंत्र कहानी होती है। ऐसा कम ही देखा जाता है कि ने कहानियां एक दूसरे से सम्बन्धित या जुड़ी हुई हों। वास्तव में, यह पुस्तक लिखते समय मैंने यह महसूस किया कि एक उपन्यास लिखने की तुलना में छोटी कहानियाँ लिखना तथा उन्हे दिलचस्प रखना बहुत ही चुनौतीपूर्ण कार्य है। यह पुस्तक कुछ हट कर है क्योंकि सभी छः कहानियों की एक नायिका *सिया* है, तथा, सभी कहानियों को, *कानून एवं मानवता* की एक डोर ने बाँध रखा है।

प्रत्येक कहानी छः तत्वों के इर्द–गिर्द रची गयी है, जिन्हें मैं समझती हूँ इस पेशे में निर्णायक है, यह हैं– *शिकायतकर्ता, न्यायालय (न्यायाधीश), मुकदमा, वकील, कारावास*

(जेल) व अपराधी (प्रतिवादी या अभियुक्त)।

पहली तीन कहानियां; 'शिकायतकर्ता,' 'न्यायालय' व 'मुकद्मों' के तत्वों पर आधारित है तथा, वे हल्के व्यंग्य के साथ, कोर्ट कचहरी के माहौल को दर्शाती हैं। चौथी कहानी, एक प्रतिष्ठित वकील को समर्पित है जिसके साथ मुझे काम करने का सौभाग्य प्राप्त हुआ।

अंतिम दो कहानियाँ, 'कारावास' व 'आपराधिक' तत्वों पर स्थापित हैं तथा वे नायिका के, भारत की एक प्रसिद्ध जेल का दौरा करने के अविस्मरणीय अनुभव व्यक्त करती हैं। यह उनके लिए है जिन्होंने केवल कल्पना की है कि जेल अंदर से कैसा होता है, और उन्हें ये जिज्ञासा है कि क्या कारावास वास्तव में वैसा होता है जैसा फिल्मों में दिखाया जाता है या उससे भिन्न। सच्ची घटनाओं से प्रेरित, कहानियों में, जेल तथा अभियुक्तों के नामों को स्पष्ट कारणों से छिपाया गया है।

मैं चाहती हूँ कि यह पुस्तक न सिर्फ उन तक पहुँचे जो कानून के पेशे का हिस्सा है अपितु उन युवाओं तक भी पहुंचे, खासतौर पर उन लोगों तक, जो पढ़ने की आदत पर वापिस लौटना चाहते हैं, चाहे यह ई–किताब के माध्यम से ही क्यों न हो।

चाहे आप कानून के बारे में कुछ जानते हों या नहीं, मैं आशा करती हूँ कि यह पुस्तक आपको रोचक लगे, आपको इस पेशे में आने के लिए प्रेरित करे व शायद, आप पर किसी तरह से प्रभाव डाले।

****

शिकायतकर्ता

"Aequitas Legem Sequitur"

'समता कानून का अनुसरण करती है'

1. 99 बनाम निन्यानवे

सिया को एल एल. बी. में स्नातक हुए कुछ ही महीने बीते थे। सौभाग्यवश, वह एक वरिष्ठ अधिवक्ता के साथ काम करने का अवसर प्राप्त करने में सफल रही, जो सम्पत्ति कानून (प्रॉपर्टी केस) से जुड़े मामलों में विशेषज्ञता कर रहे थे। यद्यपि वह इस विषय में अधिक इच्छुक नहीं थी, परन्तु फिर भी वह उस समय अपने बायो—डेटा पर ध्यान दे रही थी, तथा एक प्रसिद्ध वकील के साथ काम करना एक बड़ी बात थी।

सिया को श्री मेहता, वरिष्ठ अधिवक्ता के कार्यालय में काम करते, एक महीना बीत चुका था। हालांकि वह शुरु में अपने नए काम के प्रति बहुत उत्सुक थी, परंतु उसे कार्यालय के काम को पूरी तरह समझने में कुछ दिन लगे जिसके निश्चित तौर पर लाभ और हानियां थी।

सिया को आश्चर्य होता था की वकील श्री कबीर को उसकी उपस्थिति या अनुपस्थिती का एहसास भी नहीं होता था। कई दफा ऐसे भी दिन थे जब वह कार्यालय

में, सिया के सामने से उसे देखे बिना आगे निकल जाते थे। न्यायालय सुनवाइयों के दौरान भी स्थिति कुछ ऐसी ही निराशापूर्ण थी।

सिया उसी उत्साह से रोज उनके पास पूरा समय खड़ी रहती, परंतु मात्र कुछ फाइलों को दूसरे कोर्ट में ले जाने के लिए। इससे उसके आत्म सम्मान को कई बार ठेस पहुँची परन्तु, सिया ने, हार ना मानी। शायद वरिष्ठ वकील होने के कारण, वह वास्तव में इतने व्यस्त थे कि उस पर ध्यान दे सकें, यह सोच, सिया अपने मन को समझा देती थी।

इसके साथ ही सिया को इस बात का भी दुख था कि वह कानूनी मामले की आरंभिक अवस्थाओं में शामिल नहीं हो पा रही थी। इसका कारण ये था कि कानूनी प्रणाली में, आम तौर पर, वरिष्ठ अधिवक्ताओं को, मुख्यतः पक्षों के द्वारा बहस के समय ही अनुबंधित किया जाता था। इस कारण भी सिया बेचैन रहती थी।

उसे न्यायिक मामलों को दायर करने की बारीकियों, न्यायालय प्रक्रिया, साक्ष्य को भली भांति सीखना था। यह कानून के क्षेत्र में व्यवसाय शुरू करने की आदर्श परिस्थिति नहीं थी, तथा इसलिए शायद उसने पहले ही अन्य विकल्पों की तलाश शुरू कर दी थी, यद्यपि चुपके से।

"धैर्य सिया, धैर्य", वह स्वयं को कहती रहती थी, यह सोचते हुए कि शायद सबसे प्रसिद्ध वकीलों ने भी कभी उसकी तरह चार दीवारों के अंदर कभी फाइलें ढोई होंगी।

एक तरफ सिया बस दिन गिन रही थी व स्वयं को दूसरी ओर मानसिक तौर पर तैयार कर थी कि वह, किस प्रकार, श्री कबीर को इतनी जल्दी यह कह पाएगी कि वह उनके साथ आगे काम नहीं करना चाहती। वह रोज़, हिम्मत जुटा कर, घर से निकलती, पर हताश होकर, लौट जाती।

परंतु एक दिन दिनांक 18.08.2009 को कुछ ऐसा असामान्य घटित हुआ जिस कारण, उसे यह कुछ महीनों का अनुभव, सदैव याद रहने वाला था।

न्यायालय से कार्यालय वापिस लौट जाने के पश्चात, यह एक सामान्य दिन था। सिया काफी देर से ध्यान दे रही थी कि दोपहर से ही, उसके वरिष्ठ के कक्ष में, एक

गंभीर मीटिंग चल रही थी। पाँच मज़बूत कद–काठी वाले, तंदुरुस्त, सफेद कुर्ता–पजामा पहने व्यक्ति, जो उनके मुवक्किल दिखते थे, घबराहट में कार्यालय में इधर–उधर भाग रहे थे। *(सिया को बाद में पता लगा कि असली मुवक्किल कौन था।)*

अगले ही पल, अचानक सिया को उनके कक्ष में बुलाया गया। वह अचंभित थी। यह पहला अवसर था जब श्री कबीर ने उसे अपने चैंबर में आवाज़ दी थी। यह शायद वही एक पल था जिसकी सिया को इतने समय से प्रतीक्षा थी।

"आखिर, उन्हें मेरी याद आ ही गई", सिया के चेहरे पर एक हल्की सी मुस्कान थी, मानो उसने सदियों के बाद, राहत की सांस ली। दूसरी ओर, एक वास्तविक मुकद्मे की मीटिंग का हिस्सा बनने के लिए, नए जोश और उत्साह के साथ, सिया ने अपनी डायरी व पैन उठाया और अपने कदम बढ़ाए।

श्री कबीर मेहता के कक्ष में, सिया ने दो वजहों से चुप रहने का चयन किया; पहला, कि वह वहां पहली बार आई थी और दूसरा, उसे उस मुकद्मे के बारे में बिल्कुल भी कोई जानकारी या अनुमान नहीं था। उसने केस फाइल को अभी तक पढ़ा भी नहीं था। वह डर रही थी की अगर मुकद्मे के बारे में उससे कुछ पूछा गया, तो वह क्या जवाब देगी। इस भय से लगातार, उसके हाथ काँप रहे थे तथा वह अपने होंठ काट रही थी।

हालांकि सिया ने मुद्दे को समझने का का प्रयास किया परन्तु वह बस इतना ही ज्ञान पाई कि यह, परिवार के सदस्यों के बीच कुछ सम्पत्ति को लेकर आपसी विवाद था। वादी *(अर्थात दावा दायर करने वाला पक्ष)* वरिष्ठ अधिवक्ता श्री कबीर को, अगली तारीख पर दिल्ली से बाहर एक निकट के ज़िला न्यायालय, (जो उत्तर भारत के प्रमुख राज्यों के क्षेत्राधिकार में आता था), में पेश होने के लिए अनुरोध कर रहे थे। उनकी आवाज़ और भाव से सिया को ऐसा महसूस हो रहा था की वे, इस बात से काफी चिंतित एवं भयभीत थे कि वे मुकद्मा हार जाएंगे, क्योंकि दूसरे पक्ष के पास मामले को अपनी पक्ष में पलटने के लिए पर्याप्त राजनीतिक प्रभाव था।

मुकद्मा जिरह *(क्रॉस एग्ज़ेमिनेशन)* के स्तर पर था। जो पाठक इस क्षेत्र से जुड़े नहीं है उन्हें इस प्रक्रिया के उद्देश्य के बारे में संक्षिप्त में बताना यहां आवश्यक है। जिरह की अवस्था मुख्य–परीक्षा (एग्ज़ेमिनेशन –इन– चीफ) के बाद आती है। मुख्य–परीक्षा में

वादी का वकील अपने मुवक्किल / वादी से प्रश्न पूछता है तथा जिरह में सामने वाले पक्ष / प्रतिवादी का वकील वादी / शिकायतकर्ता से प्रश्न पूछता है।

परन्तु चूंकि श्री कबीर, वरिष्ठ वकील होने के नाते जिला न्यायालय में बहुत कम पेश होते थे, वे पाँच वादी, उन्हें उनके मुकद्मे की पैरवी करने के लिए मनाने की कोशिश में कोई कमी नहीं छोड़ रहे थे। तब तक सिया ने यह समझ लिया था कि वे व्यक्ति उस महिला के भाई थे जो असली मुवक्किल थी, परन्तु उसे अभी तक यह मालूम ना था कि विरोधी पक्ष कौन था तथा, विवाद का असली कारण क्या था।

जब सिया अपने ही विचारों में खोई हुई थी, तभी उसने, उसे पहली बार पुकारती एक परिचित आवाज सुनी।

"आपका क्या नाम है, युवा वकील साहिबा?"

कुछ सकुचाते तथा घटनाओं के परिवर्तन पर आश्चर्यचकित होते हुए, सिया ने सकपकाते हुए उत्तर दिया,

"सि.........सिया, श्रीमान, सिया सेन"

"क्या आपने कभी दिल्ली से बाहर, किसी न्यायालय प्रक्रिया में भाग लिया है?" श्री कबीर ने अगला सवाल पूछा।

"उम...नहीं, नहीं श्रीमान", यह कहते हुए सिया बहुत डर रही थी कि पता नहीं आगे क्या होगा, परन्तु उसने निर्णय किया कि इस समय ईमानदार रहना ही उचित था।

"क्या आपने कभी जिरह या मुख्य—परीक्षा को स्वयं अनुभव किया है?" श्री कबीर ने सिया की तरफ गौर करते हुए पूछा।

घबराई हुई सिया ने हिम्मत कर दोहराया, *"नहीं, सच में नहीं श्रीमान",* उसने इस तरह स्वीकार किया जैसे कि वह कोई गुनाह कबूल कर रही हो।

"ठीक है, तब तुम हमें कल सुबह ठीक 8 बजे बाहर गेट के सामने मिलो। तुम मेरे साथ न्यायालय चलोगी। देरी न करना।" श्री कबीर ने स्पष्ट कहा।

आदेश दे दिया गया था। श्री कबीर ने उसे एक बार फिर से देखा, अपनी कुर्सी से उठे, कमरे में उपस्थित व्यक्तियों के साथ हाथ मिलाया तथा उनके साथ सामने के गेट तक रवाना हो गए।

सिया अचंभे में थी। वह नहीं जानती थी कि वह खुश हो, भयभीत हो या दोनों। उसे कोई अंदाज़ा ना था की उसके माता–पिता ये सुनकर क्या कहेंगे।

राजधानी शहर के बाहर के न्यायालय में न्यायालय प्रक्रिया कैसी होगी?
क्या वह मना कर सकती थी?
क्या होगा यदि वह मना कर दे? क्या होगा यदि उसके माता–पिता ने उसे जाने की अनुमति नहीं दी?
नीली जैकट पहने व्यक्ति ने श्री कबीर को ऐसा क्या कहा?
इतने वरिष्ठ अधिवक्ता नीचे के न्यायालय के इस केस को क्यों स्वीकार करेंगे वह भी उन लोगों के लिए, जो अधिक सम्पन्न नहीं लग रहे थे?

सिया के सामने मानो प्रश्नों की बाढ़ आ गई थी जिनका उसके पास कोई उत्तर नहीं था। परन्तु तब तक, इन सभी संशयों के लिए कोई जगह नहीं थी क्योंकि निर्णय हो चुका था। अब उसके पास, शांत रहने के अलावा कोई अन्य विकल्प नहीं था।

18 अगस्त 2009

जिला न्यायालय (उत्तर भारत के एक शहर में)

आखिर निर्णय की घड़ी आ गई थी। हालांकि यह सिया की पहली जिरह थी जिसे उसने दर्शक के रूप में देखना था, परन्तु उसने पहले ही स्वयं को इसका एक भाग मान लिया था। कानून के पेशे में छोटे समय में ही, यह उसके लिए एक महत्वपूर्ण पड़ाव था।

वह कार्यालय के मुख्य–द्वार पर सुबह ठीक 8 बजे पहुँच गई तथा उसने देखा कि श्री कबीर, पहले ही अपनी सिल्वर रंग की होण्डा सिटी कार में, समाचार पत्र पढ़ते हुए,

उसका इंतज़ार कर रहे थे। कुछ अनपेक्षित वजह से, उसके माता–पिता उसके शहर से बाहर किसी न्यायालय में जाने के लिए तैयार हो गये थे, शायद यह जानकर की वह, अपने वरिष्ठ वकील के संग जा रही थी।

पिछले दिन की सारी अव्यवस्था के बीच में, वह वर्तमान मुकद्दमें के ऊपर नजर डालना भी भूल गई थी तथा इसी कारणवश, उसने अपने जीवन काल में स्वयं को इतना मूर्ख व रिक्त कभी नहीं महसूस किया। फाइल को कार की पिछली सीट के आर्म–रेस्ट पर रखा गया था तथा अब यह सिया व श्री कबीर के मध्य थी। परन्तु फिर भी, वह इसे उनके सामने उठाने व पढ़ने का साहस नहीं जुटा पा रही थी।

जैसा की सिया का अनुमान था, कुछ फोन काल्स तथा पानी के लिए थोड़ी देर रुकने को छोड़कर, पूरी यात्रा में एक अजीब सा सन्नाटा था। इस शांतिपूर्ण कार यात्रा के दौरान, वह यह भी सोचती रही कि श्री कबीर ने आखिर किस वजह से यह केस स्वीकार किया तथा उन्होंने इस खास केस के लिए, उस दिन के उच्चतम न्यायालय में निर्धारित महत्वपूर्ण सुनवाइयों को, रद्द क्यों किया।

सिया को तब कुछ पता नहीं था, परन्तु उसे इस कारण का जल्द ही पता लगने वाला था।

प्रातः 10:10 बजे
जिला न्यायालय

वे अंततः न्यायालय परिसर में पहुँच गए थे। उनका मुकदमा कोर्ट न. 5 में सुना जाना था।

जिस समय सिया न्यायालय में इधर–उधर देखने में व्यस्त थी जहां पर वह पहली बार आई थी, उसे एहसास हुआ कि उसके वरिष्ठ आगे निकल गए थे। उन तक पहुँचने के लिए वह तेज़ी से भागी। अब वे उस कोर्ट के सामने खड़े थे जहां उनका मुकदमा आइटम न. 10 पर सूचीबद्ध था। महानगर मैजिस्ट्रेट ठीक समय पर आ गए तथा सुबह 10:25 बजे दिन की कार्रवाई शुरू हो चुकी थी।

सिया अपने वरिष्ठ के साथ कोर्ट रूम के अंदर गई तथा चूंकि आगे की बैंच में

केवल एक ही खाली सीट थी, वह अंतिम बैंच की एक सीट पर बैठ गई। अब तक, 'आखिरी बैंच' उसका पसंदीदा स्थान बन चुका था, क्योंकि यह उसे पूरे कोर्ट रूम का मानो 360 डिग्री परिदृश्य प्रदान करता था। वहाँ से, वह हर किसी को तथा न्यायालय के प्रत्येक पल की कार्रवाई को, साफ देख सकती थी। उसने ध्यान दिया कि उस कचहरी में मौजूद वकील, श्री कबीर मेहता को अपने बीच देखकर, आश्चर्यचकित थे।

न्यायालय में उपस्थित लगभग सभी वकील उनसे हाथ मिलाने के लिए आगे आए तथा एक ही प्रश्न पूछा, जो कल से सिया को भी परेशान कर रहा था, ''श्रीमान, आप यहां कैसे?''

"आइटम न. — 10"

अंततः वह क्षण आ गया। जैसे ही उनके केस को पुकारा गया, वे तैयार हो गए, क्योंकि एक बार फिर से कार्रवाई का सामना करने का समय आ गया था। उसके वरिष्ठ अधिवक्ता स्थानीय अधिवक्ताओं के साथ माननीय मैजिस्ट्रेट का सामना करने के लिए आगे गए। जैसे ही सिया भी उनके साथ खड़े होने के लिए उठी, तभी, उसकी आंखें किसी पर पड़ीं और वही टिक गईं। उसने कुछ विचित्र एवं अजीब देखा।

सफेद साड़ी पहने, बालों को एक जूड़े में बांधे हुए, एक बूढ़ी, कमज़ोर महिला जो शायद तकरीबन 80 वर्ष से ऊपर की लग रही थी, अचानक दूसरी बेंच से उठी, और आगे की तरफ बढ़ी।
उनके साथ एक जाना–पहचाना व्यक्ति था।

ध्यान रो देखने पर सिया को यह एहसास हुआ की नीली नेहरू जैकेट पहने यह वही व्यक्ति था, जो कल उनके दफ्तर में आया था!

आखिर वह इस महिला के साथ क्यों है? क्या इनका आपस में कोई रिश्ता है? क्या वह उनकी मुवक्किल है?

सिया के मन में ये सब प्रश्न उमड़ रहे थे तथा वह पूरी तरह से हतप्रभ व हैरान थी।

सफेद साड़ी पहने महिला, अपने हाथ में एक छड़ी पकड़े हुए थी तथा दूसरी बाजू से उस आदमी का सहारा लिए, वह मैजिस्ट्रेट की ओर आगे बढ़ी। सिया ने देखा कि जब महिला आगे की तरफ चल रही थी, उसके हाथ मानो कांप रहे थे।

सिया सदमे की स्थिति में थी। वह इसकी कभी कल्पना भी नहीं कर सकती थी कि उसके 60 वर्ष से अधिक आयु के माता–पिता को इस अग्नि–परीक्षा का कभी भी सामना करना पड़े। *और यहां पर एक बूढ़ी महिला थी, जो शायद उसकी दादी की आयु की होगी, भगवान जाने किस कारण यहां थी।* स्वयं को असहाय महसूस करते हुए, सिया ने मन ही मन बुदबुदाया ।

जो कुछ भी उसने देखा था, तब तक सिया को यह लगभग यकीन हो गया था कि वह महिला ही उनकी मुवक्किल थीं। उसने यह भी समझ लिया कि क्यों वह बूढ़ी महिला, अपनी वृद्धावस्था के कारण, श्री कबीर के साथ हुई मीटिंग में एक दिन पहले शामिल नहीं हो पाई होगी और, अपने परिवार के सदस्यों को भेजा होगा। सिया उसे देखती रही तथा एक पल के लिए उसे लगा कि उनकी आँखें आपस में मिली, या क्या वह चाहती थी कि ऐसा हो। परन्तु उस समय, वह महिला अपने विचारों में इतनी खोई हुई थी कि उसने शायद ही किसी को वहाँ देखा होगा या देखना चाहा होगा। इसके बाद, सिया ने गौर किया कि महिला ने, धीरे से, मंत्र/प्रार्थना का उच्चारण शुरू कर दिया था।

इस दौरान, संभवतः उस महिला को, अचानक घुटन सी महसूस हुई क्योंकि नीली जैकेट पहने व्यक्ति ने, *(जो वास्तव में उसका भतीजा था, क्योंकि वह उन्हें बुआ जी कह रहा था)* अपने झोले से एक इन्हेलर निकाला तथा महिला को दिया। स्थानीय अधिवक्ता ने महिला की हालत व खराब सेहत को देखते हुए, एक कुर्सी लाने का निवेदन किया।

अधिवक्ता को वास्तव में दो बार कुर्सी लाने के लिए आग्रह करना पड़ा तथा यह स्वयं ही कोर्ट द्वारा नहीं प्रदान की गयी, यह देख, सिया का मन आक्रोश से भर गया।

अब तक सिया के साथ–साथ हर किसी का ध्यान पूरी तरह से उस महिला पर था। उनकी मुवक्किल अंततः मैजिस्ट्रेट के सामने थी, तथा श्री कबीर, उसके साथ खड़े थे। दो भारी–भरकम दिखने वाले व्यक्ति, जो की दूसरे पक्ष के वकील थे, उनके दाई ओर खड़े थे। सिया ने दो और व्यक्तियों को भी उनके साथ पाया, *जो शायद महिला के पुत्र थे।*

माननीय मैजिस्ट्रेट ने श्री कबीर की ओर देखा तथा पूछा, 'मेहता जी, क्या आपके मुवक्किल तैयार हैं?''

इस पर, उन्होंने अपनी महिला मुवक्किल की ओर नजर डालते हुए हल्के से कहा, "हांजी, जी जनाब।"

माननीय मैजिस्ट्रेट ने तब विरोधी पक्ष के वकीलों से पूछा कि क्या वे अपने प्रश्नों के साथ तैयार हैं, जिसका जवाब उन्होंने अपेक्षाकृत जोर से दिया, ''जी जनाब''।

नियमों के अनुसार, जिस वक्त जिरह होती, मैजिस्ट्रेट के आदेश के बिना, वादी का वकील एक भी शब्द नहीं बोल सकता अन्यथा वकील पर यह आरोप लगाया जा सकता कि वह अपने मुवक्किल को उत्तर देने में मदद कर रहा है, जिसकी कानूनानुसार, आम तौर पर, अनुमति नहीं थी।

सिया इस परिस्थिति के बारे में जितना अधिक सोच रही थी, उतना ही, वह अपने डर से निकल नहीं पा रही थी कि बेचारी बूढ़ी महिला, इस मुश्किल स्थिति का सामना किस प्रकार करेगी।

11 बजे:

अंततः जिरह शुरू हो गई। यह पहला अवसर था, जब सिया इसमें उपस्थित थी। वृद्ध महिला को किनारे एक कुर्सी पर बिठाया गया जहां से कोर्ट रीडर उसे आसानी से सुन सकता था।

''माता जी, हम आपसे कुछ सवाल करेंगे, आप बिलकुल मत घबराइएगा। हर सवाल को ध्यान से सुनिएगा और सोच समझ कर जवाब दीजिएगा।''
माननीय मैजिस्ट्रेट ने यह कहते हुए, जिरह की शुरुआत का आदेश दिया।

उनकी मुवक्किल चारों तरफ से भीड़ से घिरी हुई थी। उसके बाईं ओर अपने अधिवक्ता जिनमें श्री कबीर शामिल थे, सामने की ओर रीडर व माननीय मैजिस्ट्रेट तथा विरोधी पक्ष के दो वकील, अपने मुवक्किलों के साथ उसके दाईं ओर खड़े थे। सिया को अब ये स्पष्ट हो गया था कि यह मुकदमा महिला ने, अपने पुत्रों के विरुद्ध दायर किया

था। *यह सोच कर वह असहज महसूस कर रही थी।*

युवापुत्रों ने अपनी माता को प्रणाम भी नहीं किया था, जो एक अत्यंत निराशाजनक दृश्य था।

क्या पैसा, धन दौलत, इतना शक्तिशाली व आवश्यक था?
सिया यह सोच हैरान थी। इन सभी के मद्देनजर, सिया उस महिला के प्रति अत्याधिक सहानुभूति महसूस कर रही थी तथा उसके बेटों के प्रति, अपनी माँ को इस अपमानजनक व असहाय परिस्थिति में डालने के लिए, क्रोध से भरी हुई थी।

न्यायालय में जहां सिया खड़ी थी, वहाँ से वह मुकदमेवाजों की भीड़ में, कोर्ट कार्रवाई को ठीक से देख भी नहीं पा रही थी। श्री कबीर ने मानो, किसी तरह उसकी असहजता को देखकर, अचानक उसे अपने पास आगे आने के लिए कहा। सिया अपनी सीट से उठी तथा श्री कबीर के पीछे जाकर खड़ी हो गई।

अंततः जिरह शुरू हुई। समय की कमी के कारण, माननीय मैजिस्ट्रेट ने दूसरे मामलों को भी साथ—साथ सुनना शुरू कर दिया। शायद इस उम्मीद में कि वकील, अपना काम अच्छी प्रकार करेंगे तथा उसे उन पर पूरा ध्यान रखने की जरूरत नहीं थी। *(बाद में सिया जिस भी कोर्ट रूम में गई, हर जगह उसे ऐसा ही माहौल मिला।)*

परन्तु क्या कोई सच में वकीलों पर विश्वास किया जा सकता था? इतने अधिक शोर तथा इतने सारे वकीलों के एक साथ बोलने पर, बेचारी महिला यह कैसे सुन पाएगी कि उससे क्या पूछा जा रहा है? *सिया के मानो सारे डर, सच होने जा रहे थे।*

जिस तरह महिला से प्रश्न पूछे जा रहे थे, ऐसा लग रहा था मानो उसकी ओर, लसिथ मलिंगा के बाउंसर, एक के बाद एक फेंके जा रहे थे। उस बेचारी औरत की आयु व स्थिति, विरोधी दल के वकीलों के लिए प्रासंगिक नहीं थी। वकीलों को अपना काम करना था, ऐसा लगा कि जैसे आज वे मैदान—ए—जंग जीतने के लिए आए थे।

इस बीच, सिया ने वृद्ध महिला को अपना चश्मा उतार, आँखों से बहने वाले

आँसुओं को अपनी साड़ी के पल्लू के साथ पोंछते हुए, कुछ शब्द कहने का प्रयास करते, तथा, कठिन परिश्रम व प्रतीक्षा के साथ अगले प्रश्न पर जाते हुए देखा।

रिथति को मानो और खराब करने के लिए, उन दस मिनटों की अवधि में ही, दूसरे पक्ष के वकील प्रायः अपने सुर को ऊंचा कर रहे थे। वे बार बार, श्री कबीर को बीच में न आने तथा अपने मुवक्किल की सहायता न करने की चेतावनी भी दे रहे थे। यद्यपि, सिया की जानकारी के अनुसार, श्री कबीर कुछ भी गैर—कानूनी नहीं कर रहे थे। जिस प्रकार के वह इन्सान थे, वह बहुत ही गंभीर रहे तथा उन्होंने जब तक आवश्यक न हो कुछ न कहने का निर्णय किया। परन्तु फिर भी, उन पर जिरह में दखल देने के आरोप लगातार लगाए जा रहे थे।

माननीय मैजिस्ट्रेट उस दिन सूचीबद्ध सैंकड़ों मामलों में इतने व्यस्त थे कि उनके पास दूसरे मामलों की ओर अपना ध्यान मोड़ने के अलावा कोई अन्य विकल्प नहीं था। इस दौरान, बीच बीच में, वह श्री मेहता की आयु को देखकर, उनसे निवेदन करते रहे कि श्रीमान जिरह को सुगमता से चलने दीजिए।

दोपहर के 1.30 बज गए थे, तथा अंतहीन जिरह को दो घंटों से भी अधिक समय हो चला था जिसमें अब तक, 65 प्रश्न पूछे जा चुके थे। महिला बार—बार पानी मांग रही थी तथा वह यकीनन शारीरिक व मानसिक रूप से थकी लग रही थी। न सिर्फ वह, अपितु हर कोई यह चाहता था कि यह मुकद्मा निर्णय पर पहुँचे अथवा आदरणीय मैजिस्ट्रेट शेष जिरह को किसी दूसरे दिन के लिए स्थगित करें, या विरोधी दल के वकील को अपने प्रश्नों को कम करने का आदेश दें।

जब 65 वां प्रश्न पूरा हो गया, तब कोर्ट रूम में किसी को भी यह आभास नहीं था कि अगला प्रश्न क्या था और उसका क्या प्रभाव पड़ने वाला था।

'प्रश्न संख्या— 66'

'श्रीमती शर्मा, इस केस में पट्टानामा (लीज डीड) कितने वर्ष पुरानी थी?' विरोधी वकीलों में से एक ने पूछा।

वृद्ध महिला ने नीचे की ओर देखा। कुछ देर के लिए उसका सिर ऊपर नहीं उठा जैसे कि वह, कुछ याद करने की कोशिश कर रही थी। अचानक, शायद उत्तर याद करके उसके भाव बादल गए एवं महिला ने धीरे से कहा :

'बेटा, निन्यानवे'

न्यायालय तथा टाइपिस्ट / कोर्ट रीडर की सुविधा के लिए, अगले ही पल, सिया ने अपने वरिष्ठ अधिवक्ता श्री कबीर मेहता को अपने मुवक्किल के जवाब को दोहराते हुए सुना;

"श्रीमान मेरी मुवक्किल ने कहा – 99"

इन चंद शब्दों के साथ, ऐसा लगा कि मानो आकाश टूट कर जमीन पर गिर गया था। विरोधी वकील गुस्से से लाल–पीले हो गए, जैसे कि किसी ने उनकी दुखती रग पर गहरा वार कर दिया था। या शायद, वे ऐसा ही कुछ होने की प्रतीक्षा कर रहे थे। पूरी तरह गुस्से से तिलमिलाते हुए, वे उठ खड़े हुए, और ये देख सिया सिया हैरान व चिंतित हुई।

विरोधी वकीलों में से एक ने पहले से कहीं अधिक जोर से, बहस करना शुरू कर दिया;

'मेहता साहिब, आपने कोर्ट के सामने '99' कैसे कहा? आपको हमनें कितनी बार कहा कि आप बीच में कुछ नहीं कहेंगे। जब माता जी ने निन्यानवे कहा, तो आप क्यों बोले?"

तब तक ऐसा लगा कि श्री कबीर भी आखिर अपना धीरज खो रहे थे क्योंकि पहली बार, सिया ने उनकी पहले से अधिक ऊंची आवाज सुनी;

"जनाब, मैं सच में यह समझ पाने में असमर्थ हूँ कि दोनों में क्या अंतर है। मेरे मुवक्किल की ओर देखें। यह वृद्ध महिला, अंग्रेजी भी ठीक से नहीं जानती है तथा इसलिए इन्होंने हिन्दी में कहा।

मैंने इसका मात्र अंग्रेजी में अनुवाद किया, वह भी न्यायालय को रिकार्ड करने में मदद करने के लिए। मैं जानना चाहता हूँ कि मैंने किस प्रकार, अपनी मुवक्किल को प्रभावित किया?"

दूसरे वकीलों ने, जो किसी बेवजह कारण से बहुत अधिक क्रोधित हो चुके थे, मानो पूरी तरह से अपना आपा खो दिया;

"नहीं वकील साहब, आप सीमा लांघ रहे हैं, जज साहब देख रहे हैं कैसे आप हर बार, बीच में कुछ न कुछ कह रहे हैं।"

"अब सिर्फ अपनी मुवक्किल को बोलने दीजिए, आप 99 क्यों कह रहे हैं? आप 99 कह कैसे सकते हैं?"

इस दृश्य ने, कोर्ट रूम में उपस्थित हर किसी का ध्यान, अपनी तरफ आकर्षित कर लिया था। बाहर खड़े लोग भी अंदर न्यायालय में झाँकने लगे तथा दूसरी सारी कार्रवाई रुक गई थी। मानो एक बालीवुड शूटिंग सीन की तरह हर कोई सांस रोक के खड़ा था कि न जाने अगले पल क्या होगा। कोर्ट रूम पूरी तरह से खचाखच भरा हुआ था। वहां पर पूर्ण सन्नाटा था, जो नीचे के कोर्ट में दुर्लभ था।

इसी दौरान, सिया को ये आभास हुआ कि मानो इस चहल पहल में हर कोई उस वृद्ध महिला के बारे में भूल चुका था।

शायद इस निरर्थक बहस से वरिष्ठ अधिवक्ता श्री कबीर भी उक्ता चुके थे। वे विरोधी पक्ष के एक वकील की ओर गए तथा अचानक पहले से ऊँची आवाज़ में कहने लगे;

मेरे दोस्त, मैं आपसे निवेदन कर रहा हूँ, कृपया अपने सहयोगी को शांत रहने के लिए कहें। मैं उसे पिछले दो घण्टे से झेल रहा हूँ। उसने इस जिरह का मजाक बना दिया है। वह दावे से बाहर के प्रश्न पूछ रहे हैं, दूसरी ओर मुझे अपना विरोध जताने की अनुमति भी नहीं दी जा रही है, क्योंकि माननीय मैजिस्ट्रेट ने मुझे दखल देने से मना किया है।

मैं आपके मित्र को शांत व शालीन रहने का निवेदन करता हूँ। हम यहां पर किस प्रकार की वकालत कर रहे हैं? क्या आपने कभी मेरे मुवक्किल को एक नजर भी ध्यान से देखा है। मानवता के लिए, कृपया इसे बंद करें'', श्री कबीर कहते गए जैसे कि उनके अंदर का ज्वालामुखी फूट पड़ा था। और वाकई में, वह जोर से फूटा था, अपनी पूरी ताकत के साथ।

सिया, अपने वरिष्ठ के इस रूप को देखकर चकित तथा पहले से अधिक गौरवान्वित थी कि वह, इस भद्रपुरुष के साथ काम कर रही थी।

यह सब कुछ माननीय मैजिस्ट्रेट के सामने घटित हो रहा था जिन्होंने अंततः, दखल देने का निर्णय किया। वे वकीलों की तुलना में बहुत युवा दिखते थे। उन्हें हाल ही में, इस न्यायालय का मैजिस्ट्रेट नियुक्त किया गया था तथा वे दूसरों की तरह ही हतप्रभ दिख रहे थे। परन्तु उन्हें परिस्थिति को नियंत्रण में लाने का कोई उपाय नहीं सूझ रहा था। अब दोनों पक्ष, एक ही समय पर बोल रहे थे। वह पूरी तरह भावशून्य थे।

वकीलों की आवाजें पूरे कोर्टरूम में गूंज रही थीं। हर किसी का ध्यान, इन कुछेक लोगों पर लगा हुआ था। मैजिस्ट्रेट ने वकीलों को शांत करने का प्रयास किया। परन्तु, अंदर से वे स्वयं भी जानते थे कि यह एक सामान्य दृश्य था, विशेषकर देश के इस भाग में। उनका आवाज़ उठाना केवल बहस को लम्बा करता। अतः, उन्होंने जिरह को तुरंत समाप्त करने का निर्णय किया तथा वह रीडर को कोई दूसरी तिथि निश्चित करने के लिए कहने जा रहे थे।

यह सब कुछ सिया के लिए पहली बार का अनोखा अनुभव था। उसने कभी कल्पना भी नहीं की थी कि कोर्ट रूम कार्रवाई इतनी दिलचस्प व आवेशित भी हो सकती थी, जिसका परिणाम ऐसा अप्रत्याशित परिदृश्य होगा।

सिया भी इस घटित होने वाले नाटक में बहुत रम गई थी परन्तु, तभी, उसने अचानक वृद्ध महिला को याद किया तथा उसकी ओर देखा। वह बेचारी महिला, सिर्फ नीचे की ओर देख रही थी। किसी को कोई परवाह नहीं थी कि वह क्या महसूस कर रही थी।

क्या वह उस असुविधाजनक कुर्सी पर बैठ भी पा रही थी या नहीं?

क्या उसे पानी या ताजी हवा की आवश्यकता थी, क्योंकि वह कब से चारों ओर से घिरी हुई थी?

किसी को ये एहसास ना था कि वकीलों की दलीलों से वृद्ध महिला का सर फट रहा था।

शायद वह वृद्ध महिला, बस अपने घर जाना चाहती थी।

सिया को ऐसा लगा कि वृद्ध महिला को इस असहाय स्थिति में देखकर, सब लोग, मानवता के मूल आदर्शों को भूल चुके थे। बहस तब तक जारी रही जब तक की मैजिस्ट्रेट ने मामले को अपने हाथ में नहीं लिया तथा, विरोधी पक्ष के अधिवक्ता को दृढ़ता से शांत होने के लिए कहा। फिर उन्होंने अपने मॉनिटर की ओर तथा प्रश्नों को खासकर, प्रश्न संख्या 66 को देखा, जिसके कारण यह सब हंगामा हो गया था।

भ्रम की स्थिति को हमेशा के लिए समाप्त करने के लिए माननीय मैजिस्ट्रेट ने इस बार मृदुल आवाज में, स्वयं वृद्ध महिला से एक बार फिर पूछा;

"आपने क्या कहा था माता जी, कितने साल पुराना पट्टानामा था?"

सिया की मुवक्किल ने आखिर अपना सिर उठाया, पहले मैजिस्ट्रेट की ओर देखा, फिर विरोधी वकीलों की ओर तथा, नम आंखों से उत्तर दिया;

"जज साहब, मैंने निन्यानवे कहा था और मेरे वकील साहब ने 99; बस इतना ही।"

इस बार, वह अपनी कुर्सी से स्वयं खड़ी हुई तथा बिना किसी को उसे छूने की इजाजत दिए, अपनी छड़ी की सहायता से कोर्ट रूम से बाहर जाने लगी। उसने जिरह को बीच में ही छोड़ देने का फैसला कर लिया था। यकीनन, उस समय, न्यायाधीश को स्वयं भी इतना साहस नहीं था कि वह वृद्ध महिला को रोक पाते, या उसे प्रतीक्षा करने के लिए कहते।

जैसे ही वह महिला बाहर जाने लगी, कोर्टरूम में प्रत्येक चेहरा 45 डिग्री बाईं

ओर मुड़ गया।

माननीय मैजिस्ट्रेट ने, यह समझ पाने में असमर्थ होने पर कि आगे क्या किया जाए, लंच अवकाश के रहते, मामले को आज से दो हफ्ते बाद, शेष जिरह के लिए सुनवाई पर निश्चित करने का आदेश दिया। अपने चेहरे पर उदास भाव के साथ, वह अपनी सीट से उठे तथा कोर्टरूम से बाहर चले गए।

उन्होंने इस, मुक़द्दमें के बाद, दिन के दूसरे पहर में भी किसी और मुक़द्दमे की सुनवाई नहीं की। शीघ्र ही, अन्य लोग भी, महिला के पुत्रों के साथ–साथ बाहर चले गए, अपने चेहरों पर पश्चाताप के किसी भाव के बिना। दूसरी ओर सफेद कुर्ता पजामा पहने व्यक्ति तथा नीली नेहरू जैकेट पहने व्यक्ति, वृद्ध महिला की ओर तेज़ी से भागे।

अंततः, केवल श्री कबीर व सिया ही कोर्ट रूम में रह गए।

सिया को अपने गालों से टपकते हुए आसुंओं का जरा भी एहसास नहीं था। वह अपनी सीट से उठकर महिला की सहायता करना चाहती थी, परन्तु वह पहला कदम भी नहीं उठा पाई थी। *कोई चीज़ उसे रोके हुए थी, जिसे समझने में सिया असमर्थ थी।*

वह दुखी, क्रोधित या कुंठित, वह नहीं जानती थी। उसने अपने वरिष्ठ अधिवक्ता, श्री कबीर की ओर देखा जो अभी भी, अपना सिर झुकाए बैठे हुए थे। उनके दाएं हाथ में पैन था जिसे वे लगातार दबा रहे थे।

परंतु सिया अब यह जान गई थी कि क्यों, इतने वरिष्ठ अधिवक्ता श्री कबीर मेहता, इस खास केस में पेश होने के लिए तैयार हुए थे। वह यकीनन एक और बात जानती थी कि वह इस जिरह की याद को कभी भी अपने मन से मिटा नहीं सकेगी।

****

"न्यायालय"

"Cursus Curiae Est Lex Curiae"

'न्यायालय की कार्यप्रणाली ही न्यायालय का कानून है'

2. अंतिम बैंच पर बैठा बच्चा

5 अक्तूबर 2011,
प्रातः 9 बजे

सिया एक और श्रेयी एवं चुनौतीपूर्ण दिन का सामना करने के पश्चात, देर तक, अपने बिस्तर पर सोई हुई थी।

पिछली रात उसके लिए कुछ अधिक रोचक व उत्साहवर्धक थी, क्योंकि वह अपने घनिष्ठ मित्र सिद्धार्थ से, हाल ही में रिलीज़ होने वाली फिल्म *'रा वन'* (Ra One) का कैमरा प्रिंट, पहले ही प्राप्त करने में सफल रही थी। बचपन से ही सिया, प्रसिद्ध अभिनेता शाह रुख खान (एस्स आर के) की बहुत बड़ी फैन थी तथा उसकी नई फिल्म देखने की उसकी प्रतीक्षा, अब पूरी हो गई थी। बिना फिल्म देखे वह बेचैन थी।

परन्तु फिर एक बार, पिक्चर उम्मीदों पर खरी नहीं उतरी, जिससे सिया को काफी

निराशा हुई। पिछले कुछ वर्षों में इस अभिनेता के द्वारा फिल्मों का चयन, सिया को क्रोधित करने के साथ–साथ मायूस करता था। पर एक सच्चे फैन कि तरह, वह बादशाह की हर पिक्चर को जल्द से जल्द देखने में इच्छुक रहती थी।

जैसे तैसे, सिया इस फिल्म को समाप्त करने के लक्ष्य से सुबह 1 बजे तक जगी रही। परंतु, उसका, देर तक उठे रहने का एक कारण और भी था। 5 अक्तूबर को उसकी बड़ी बहन का जन्मदिन था। वह फिल्म को सहन करते हुए इसलिए जागती रही ताकि वह, अपनी बहन को ठीक आधी रात को 12 बजे शुभकामनाएं दे सके।

हालांकि सिया को ये जानकार बिल्कुल भी हैरानी नहीं हुई की उसकी बहन, तब तक सो चुकी थी। सिया के फोन कॉल ने, उसे झटके के साथ जगाया। सिया का धन्यवाद करने की बजाए, अपनी छोटी बहन को उसकी नींद तोड़ने के लिए एक–दो बातें सुनाईं जिसने सिया को, और भी हताश किया।

अंततः सिया जिस रात के लिए इतनी उत्सुक थी, उसकी सारी आशाओं पर पानी फिर चुका था।

"उठो सिया। सुबह के 9 बज गए हैं!! क्या तुम्हें आज कोर्ट नहीं जाना? बेटा जल्दी करो।"

सपनों में खोयी हुई सिया शाह रुख खान के बैंडरा में स्थित *'मन्नत'* नामक महल में अपने सबसे प्रिय अभिनेता का इंटरव्यू ले रही थी। रसोई से आ रही, सिया की माँ की ऊंची आवाज ने, उसे मानो झँझोड़ दिया और ख्वाबों की दुनिया से, उसे दुर्भाग्यवश, वास्तविकता में लौटना पड़ा।

अपनी दायीं आँख को धीमे से खोल उसने मोबाइल पर समय देखा, और झटके से उठ खड़ी हुई। वाकई में 9 बज चुके थे और बहुत देरी हो चुकी थी।

'हे भगवान, मुझे भागना होगा'', वह अपने बिस्तर से तेजी से निकलकर, अपनी मां को उसका नाश्ता पैक करने के लिए कहते हुए, सीधे बाथरूम की ओर भागी। उसे डर था की रोज की तरह, वह आज भी, दिल्ली शहर के भयंकर ट्रैफिक जाम में फंसकर

कोर्ट के लिए लेट न हो जाए।

सिया को एक जरूरी केस की सुनवाई के लिए ठीक 10:00 बजे तक ज़िला न्यायालय पहुँचना था, क्योंकि अधिकतर कोर्ट, अक्सर सुबह 10:15 से 10:30 के बीच कार्रवाई आरंभ कर देते थे।

वह अब दक्षिण दिल्ली में स्थित, एक वकील के साथ कार्यरत थी, जो पारिवारिक विवाद *(फैमिली डिस्प्यूट)* विशेषज्ञ थे। यद्यपि वह तलाक व ऐसी समान प्रक्रियाओं का हिस्सा बनने में खुश नहीं थी, परन्तु फिर भी सिया चाहती थी कि कानून की इस शाखा में भी उसे कुछ अनुभव प्राप्त हो, जो कानूनी प्रणाली का एक प्रमुख अंग था।

सिया के वकील, श्री आदित्य शर्मा, तकरीबन 34 साल के एक बुद्धिमान एवं गुणी वकील थे, जिन्होंने बहुत ही कम समय में इस पेशे में अच्छा नाम अर्जित किया था। उनके कार्य क्षेत्रों में नीचे के न्यायालय व उच्च न्यायालय शामिल थे। वह कभी–कभी, दूसरे दीवानी *(सिविल)* मामले भी स्वीकार करते रहते थे।

सिया का यह प्रशिक्षण का समय केवल छः महीनों के लिए ही था तथा उसने श्री आदित्य को इसके बारे में शुरूआत में ही स्पष्ट कर दिया था। *श्री आदित्य समय के बड़े पाबंद थे और ये बात सिया को मन ही मन खाये जा रही थी।*

अपना नाश्ता पैककर सिया तेज़ी से मुख्य सड़क की ओर भागी। सौभाग्यवश, उसे एक ऑटो वाला मिल गया जिसको हमेशा की तरह, वकील होने का हवाला देकर, सिया ने सही किराए / दाम में कोर्ट ले जाने के लिए मना लिया।

जैसे ही उन्होंने लाजपत नगर वाली रिंग–रोड को पार किया, सिया ने ऑटो वाले को गाड़ी तेज चलाने के लिए कहा। सिया, मन में यह प्रार्थना कर रही थी कि शायद, माननीय मैजिस्ट्रेट भी इसी प्रकार की भीड़ में फँसे होंगे जो अब तक, इस शहर में आम हो चुका था।

समय का उपयोग करते हुए, सिया ने ऑटो में बैठे–बैठे एक बार फिर से केस की फाईल पर नजर डाली। वहीं दूसरी ओर, ऑटो वाले ने सिया के कहने पर अपने वाहन

को सर्विस रोड से निकालने का प्रयास किया।

जिस मुकद्मे के लिए सिया आज कोर्ट जा रही थी, उसने, उसका ध्यान खास रूप से आकर्षित किया था तथा उसे मसले की पूर्ण जानकारी थी। श्री आदित्य बहुत ही सहयोगी व्यक्ति थे, जो उभरते हुए वकीलों को प्रोत्साहित करते थे। उन्होंने सिया को इस केस में शुरुआती स्तर में ही शामिल कर लिया था।

यह याचिका, हिन्दू विवाह अधिनियम *(हिन्दू मैरिज एक्ट)* की **'धारा 10'** के अंतर्गत न्यायिक अलगाव *(जुडीशियल सेपरेशन)* के लिए दायर की गयी थी। सिया और उसके वकील श्री आदित्य, अपने मुवक्किल माधव का प्रतिनिधित्व कर रहे थे, जिसने अपनी पत्नी के विरुद्ध, परित्याग (desertion) का आरोप लगाया था। दम्पत्ति का एक छ: वर्षीय पुत्र भी था, जो वर्तमान में, अपनी माँ के साथ रह रहा था।

मुवक्किल माधव के मुताबिक, शादी के आरम्भिक कुछ महीनों के पश्चात ही, उसकी पत्नी सुनीता, अपने पति के साथ रहने की इच्छुक नहीं थी। वह अपने परिवार के बड़े सदस्यों के दबाव में, मजबूरन साथ रह रही थी। वह हमेशा विदेश में कार्य करना चाहती थी तथा उनका मुवक्किल, उसके इस निर्णय का पूरा समर्थन भी करता था। परन्तु, जब वह एक बार, किसी काम के लिए दक्षिण पूर्व एशिया में स्थित एक देश में प्रोजेक्ट के लिए गई, उसने अपने पति से पूरी तरह दूरी बना ली।

इस अलगाव को न सह सकने तथा अपनी पत्नी को खोने के डर से, सिया के मुवक्किल माधव ने, अपनी सुरक्षित, स्थायी व सम्मानित सरकारी नौकरी छोड़ दी। अपने विवाहित जीवन को प्रमुखता देते हुए, माधव, अपनी जमा पूंजी दाव पर लगाकर, उस देश चला गया जहां उसकी पत्नी रहती थी।

कुछ समय के लिए परिस्थितियां सामान्य होने लगीं, या शायद, माधव को ऐसा लगा। उनका बेटा सबीर पैदा हुआ और उन्हें आखिर, माता पिता बनने का सौभाग्य प्राप्त हुआ। सही समय देख, माधव ने अपनी पत्नी को वापिस भारत लौटने के लिए मनाने का कठिन प्रयास किया ताकि उनके माता–पिता अपने पोते व नाती को देख सकें।

वह किसी तरह तैयार हो गई, परन्तु संभवतः, यह निर्णय उसने अधूरे मन से लिया

था। किसी को यह अनुमान ना था कि उसके मन में क्या चल रहा था।

जब उनका पुत्र सबीर, दो वर्ष का था, एक दिन अचानक, सुनीता ने अपना बैग पैक किया और अपने भावी ठिकाने का कोई सुराग ना छोड़ते हुए, अपने पति का घर हमेशा के लिए छोड़ दिया। माधव के लिए यह एक चौंका देने वाली तथा अत्यंत दुखद घटना थी। उसके घाव और भी गहरे थे, क्योंकि वह उसके जिगर के टुकड़े, सबीर को भी अपने साथ ले गई।

तब से लेकर पिछले तीन वर्षों से, माधव ने ना तो अपने पुत्र को कभी देखा था और ना ही, उससे कोई बात की थी। उसने सुनीता के प्रत्येक परिवार वालों, मित्रों से संपर्क किया, परंतु कोई नहीं जानता था कि आखिर उसकी पत्नी ओर बेटा दुनिया के किस कोने में रह रहे थे।

कोई अन्य विकल्प न पाकर, माधव ने इस विवाह को समाप्त करने का निर्णय लिया, जो शायद काफी समय पहले ही असफल हो चुका था। हताश होकर, उसके माँ बाप ने ही अपने पुत्र को कानूनी प्रक्रिया की शरण लेने की सलाह दी और एक नयी ज़िंदगी की शुरूआत करने का हौसला दिया।

विरोधी पक्ष को अनेक सम्मन(नोटिस) भेजने के बावजूद, सुनीता ना तो स्वयं और ना ही किसी वकील के द्वारा कोर्ट के समक्ष पेश हुई। माननीय मैजिस्ट्रेट ने 5.10.2011 की तारीख, विरोधी पक्ष, यानि की सुनीता की पेशी के लिए, सुनिश्चित की थी। पिछली तारीख को उन्होंने यह भी आदेश दिया था कि सुनीता के लिए यह इस मुकदमे में अपना पक्ष रखने का आखिरी व अंतिम अवसर होगा, अन्यथा न्यायालय एकतरफा कार्रवाई (एक्स–पार्टे) अर्थात, केवल एक पक्ष की उपस्थिति में सुनवाई करने का कदम उठाएगा।

सिया के लिए यह एक सामान्य दिन था क्योंकि अब तक वह निचली कोर्ट की दैनिक गतिविधियों की आदि हो चुकी थी। वह अपने वकील के साथ सम्बन्धित न्यायलयों में जाती, शाम 4:00 बजे तक कार्यालय वापिस आती, अगले दिन सूचीबद्ध मामलों के लिए तैयारी करती, तथा इस दौरान कुछ अर्जियों / जबावों की ड्राफ्टिंग भी करती। श्री आदित्य उसके प्रतिपालक *(मेंटर)* थे और जैसा वह आदेश देते, सिया वैसा ही करती।

यद्यपि इन मामलों में सिया कानून की प्रणालियों के बारे में काफी कुछ जान और सीख पा रही थी, परंतु, स्वभाव से भावुक सिया, इन असफल विवाह तथा अन्य पारिवारिक मामलों के बारे में पढ़कर अक्सर विचलित हो जाती थी जो वर्तमान समय में देश में तेज़ी से बढ़ रहे थे। घर जाने के पश्चात भी, कई दफा ये मामले उसके दिमाग में घूमते रहते और वह, देर रात तक, उन मामलों की कहानियों के बारे में सोचती रहती थी।

10 बजे, ज़िला न्यायालय, दिल्ली

सिया अपने ख्यालों में फिर खोयी हुई थी। *उसे इस बात का बिल्कुल आभास नहीं था कि यह दिन उसके लिए क्या लेकर आने वाला था।* वह यह भी नहीं जानती थी कि दिनांक 05.10.2011 की घटनाएं उसकी याद में हमेशा बनी रहेंगी, कुछ ऐसे अद्भुत कारणों की वजह से, जो शीघ्र ही उसके सामने आने वाले थे।

वह कोर्ट परिसर में पहुँची तथा कोर्ट नंबर 10 की ओर तेज़ी से भागी, जहां पर उनका मुकद्दमा आइटम न. 13 पर सूचीबद्ध था। उनके मुवक्किल माधव, न्यायालय परिसर में पहले से ही उपस्थित थे तथा सिया के वरिष्ठ श्री आदित्य के साथ गंभीरता से बात कर रहे थे। सिया उनके पास आ गई ताकि वह भी वार्तालाप में शामिल हो सके। इसकी बहुत कम संभावना लग रही थी कि आज माधव की पत्नी सुनीता कोर्ट में उपस्थित होगी।

माननीय मैजिस्ट्रेट ने कोर्ट रूम में प्रवेश किया। नियम के अनुसार, कोर्ट में उपस्थित हर शक्स, शांत होकर उनके सम्मान में खड़ा हो गया। सिया का इस न्यायाधीश के प्रति एक खास आदर का भाव था, जो 2009 बैच में मैट्रोपॉलिटन मैजिस्ट्रेट बने।

वह एक सख्त अनुशासक थे तथा खासतौर पर, उसके वकील की तरह, समय के पाबंद भी। वह तुच्छ आधारों पर कार्य–स्थगन के निवेदनों को नकारने के लिए जाने जाते थे तथा अधिकतर मामलों में छ: सात महीनों के अंदर आदेश जारी करने का उनका सफल रिकार्ड था।

शायद वह आज एकतरफा कार्रवाई करने के निर्णय के साथ मुकद्दमें को आगे बढ़ाएँगे, सिया ने मन ही मन सोचा।

जब आइटम न. 1 को पुकारा जा रहा था, उनके मुवक्किल का अचानक फोन बजा और मैजिस्ट्रेट के डर से, वह कोर्ट के बाहर की ओर निकल पड़ा। कुछ समय बाद, जब माधव न्यायालय में वापिस अंदर आने लगा, सिया ने महसूस किया की उसका चेहरा अकस्मात लाल हो गया, तथा उसका सामान्यतः शांत भाव चिंता से भरा हुआ सा व्यतीत हुआ।

घबराहट में, माधव, अपने वकील श्री आदित्य की ओर आगे की बेंच पर गया और अगले ही क्षण, सिया ने देखा कि उन दोनों के चेहरे बाईं ओर मुड़े।

इससे पहले कि सिया कुछ अनुमान लगा पाती, उसने एक महिला को एक दुबले–पतले बालक के साथ कोर्ट के द्वार पर देखा। इस नज़ारे से, उसे कुछ अटपटा महसूस हुआ। बेटे ने अपनी माँ को कस के पकड़ रखा था, तथा धीरे–धीरे, वह औरत अपने बेटे के साथ कोर्ट रूम के भीतर आई।

सिया को यह समझने में अधिक समय नहीं लगा कि यह और कोई नई माधव कि पत्नी सुनीता थी। उसके मुवक्किल की पत्नी ने अंततः पेश होने का निर्णय ले ही लिया था। परंतु सिया, उस छोटे मासूम बच्चे सबीर को देखकर हैरान थी। वह यह समझ नहीं पा रही थी कि उसकी माँ यह क्यों चाहती थी कि उनका बच्चा, ऐसी कार्रवाई का हिस्सा एवं गवाह बने?

वह तब यह नहीं जानती थी कि सवाल के पीछे का कड़वा सच उसे जल्दी ही पता लगेगा।

अपनी पत्नी की ओर देखते हुए माधव ने, श्री आदित्य से कुछ बात की। दूर से देख ऐसा ही प्रतीत हो रहा था मानो, संभवतः, सिया के वरिष्ठ वकील अपने मुवक्किल को सांत्वना देने का कठिन प्रयास कर रहे थे। मौके की नज़ाकत को परख, सिया ने उस समय, उनकी बातचीत में दखल ना देना ही बेहतर समझा। अपने पुत्र को इतने समय वह इस माहौल में देखना, अवश्य ही माधव की संवेदनाओं को आहत कर रहा था।

सिया ने केस की फाईल को कई बार गौर से पढ़ा था परन्तु वह इसका सही कारण समझ पाने में अभी भी विफल थी कि क्यों माधव की पत्नी सुनीता ने, अपने परिवार

को इस प्रकार त्याग दिया था।

वह अप्रसन्न क्यों थी?

क्या उसके जीवन में कोई और था?

क्या उसका किसी रूप से उत्पीड़न हो रहा था तथा क्या उनके मुवक्किल ने सिया के वरिष्ठ के सामनेपूरा सच्चा विवरण उजागर नहीं किया था?

हमेशा की तरह, उसके मन में अनगिनत प्रश्न थे जो जवाब मांग रहे थे।

परन्तु सिया ने अपने मुवक्किल के बारे में पिछली कुछ मीटिंगों में जो आंकलन किया था, उससे उसे माधव कि एक पूर्ण भद्र–पुरुष की छवि सामने आई थी। माधव स्वभाव से सभी लोगों, विशेषकर स्त्रियों के प्रति बहुत ही सभ्य, विनम्र व शिष्ट था। वह एक ईमानदार, सरल व शांतिप्रिय व्यक्ति प्रतीत हुआ। अपनी शादी को बचाने के लिए उसने ऐसा क्या गलत या सही किया होगा?

प्रारंभिक कुछ मुलाकातों के बाद ही, सिया को उससे अत्यंत सहानुभूति हो गई थी।

अब जब सिया माधव की ओर देख रही थी, उसे बिल्कुल भी अचंभा न हुआ कि अक्तूबर के महीने तथा वातानुकूलित कोर्ट रूम के बावजूद, बेचारा माधव पसीने से तर–बतर था और सहमा हुआ दिख रहा था। सिया को उसकी आँखों की नमी का भी एहसास हुआ, जो अपने बच्चे की और एक आलिंगन या जवाब में कम से कम एक मुस्कुराहट की आस लगाए थीं।

वह अपने बेटे की ओर एक टक लगाए देखता रहा, जिसने अपने पिता को इतने लम्बे समय के बाद देखा परंतु फिर भी, पहचान लिया था। पिता की जगह आखिर कौन ले सकता है। सबीर खुशी से *'पापा–पापा'* कहने लगा और ये सुन, उसकी माँ सुनीता ने, अपने बेटे का हाथ कस कर पकड़ लिया। ज़ोर का उपयोग कर, वह अंतिम बेंच की सीट पर अपने बेटे के साथ बैठ गई। सुनीता ने अपने बेटे को चुपचाप, सिर झुकाए, व, शांत रहने के लिए मजबूर कर रखा था।

यह सब देख, सिया पहले ही विचलित एवं चिंतित थी। उसे आभास हो गया

था कि यह एक ऐसी कोर्ट कार्वाई थी, जिसका अब वह हिस्सा बिलकुल नहीं बनना चाहती थी।

आइटम न. 13 को अंततः पुकारा गया। माननीय मैजिस्ट्रेट के साथ–साथ हर कोई यह देखकर चकित था कि अंततः, इस मामले में दूसरा पक्ष अपने वकील के साथ पेश हो रहा था।

सबसे पहले मैजिस्ट्रेट साहिब ने इस मामले के निपटान में हुए अप्रत्याशित विलम्ब तथा न्यायालय व दूसरे पक्ष का समय बर्बाद करने के लिए, दूसरे पक्ष पर भारी शुल्क लगाया। उसके उपरांत, मैजिस्ट्रेट के द्वारा पूछे जाने पर सुनीता ने धीरे से कहा कि वह देश से बाहर थी तथा, अपने काम से छुट्टी लेने में असमर्थ थी। इसलिए वह अब तक कोर्ट कार्वाई में पेश ना हो सकी।

माननीय मैजिस्ट्रेट ने कुछ और प्रश्न पूछे। इसके बाद उसके वकील को अपनी मुवक्किल का ब्यान रिकार्ड करवाने का अवसर दिया। सुनीता के वकील ने कोर्ट के समक्ष, उसे अपना ब्यान दर्ज करवाने के लिए कहा।

सामान्यतः, पीछे के बैंच पर बैठने वाली सिया, इस मामले में किसी तरह अधिक साहसी थी तथा उसने परिस्थितियों का आगे रहकर सामना करने का निर्णय किया। वह सुनीता का ब्यान सुनना चाहती थी। इसलिए, अपने मुवक्किल व श्री आदित्य के साथ आगे आकर खड़ी हो गई।

परंतु जिस वक़्त माननीय मैजिस्ट्रेट केस फाईल पढ़ रहे थे, जैसे ही कोर्ट रीडर ने श्रीमती सुनीता का ब्यान दर्ज करना शुरू किया, *अगले दृश्य ने न सिर्फ सिया, अपितु कोर्ट में उपस्थित प्रत्येक व्यक्ति को आश्चर्यचकित एवं स्तब्ध कर दिया।*

सबीर, अंतिम बैंच पर सिर झुकाये बैठा हुआ था। अचानक, सुनीता पीछे मुड़ी तथा अपने बेटे को ज़ोर से आवाज़ दी;

''सबीर बेटा, इधर आ जाओ, आगे आओ''

छ: वर्षीय सबीर, एक नन्हा बालक था जिसने ब्लू जीन्स व सफेद कमीज़ पहनी हुई थी। इस पल वह कुछ क्षणों के लिए पूर्णतया रिक्त था। जबसे उसने कोर्ट रूम में प्रवेश किया था, वह एक असहाय अवस्था में था। इस स्थान का अर्थ तथा उसे वहाँ क्यों लाया गया था, यह सब समझ पाने के लिए वह अभी बहुत छोटा था।

वह इतना ही चकित अपने पिता को देख कर था। वह नहीं जानता था कि वहां पर उसके माता–पिता के अतिरिक्त इतने अधिक दूसरे लोग क्यों थे। उस समय वह मात्र अपने माता–पिता अर्थात अपने संसार को अपने साथ कहीं दूर ले जाना चाहता था।

छोटा ही सही, पर सबीर का भी सपना था कि वे तीनों मिलकर एक खुशहाल परिवार की तरह रहें। वह दिल से, अपने पिता के साथ के लिए बेताब था।

बच्चे यद्यपि छोटे होते हैं फिर भी उनकी अपनी बुद्धि एवं मन के भाव होते हैं। अपने मस्तिष्क में घूमते इन विचारों के साथ, सबीर अपनी सीट से उठने में अनिच्छुक लग रहा था। सुनीता ने उसके संकोच को देखकर, इस बार उसे एक बार फिर से अधिक क्रोधित लहजे से बुलाया। भय से, बेचारा बच्चा उठा तथा धीरे से, मैजिस्ट्रेट के सामने आ गया।

जिस समय मैजिस्ट्रेट, कार्रवाई आदेश में टाईप किए जाने वाले शब्दों के बारे में रीडर के एक प्रश्न का जवाब देने में व्यस्त थे, सिया ने कुछ असामान्य व हैरान करने वाला देखा।

सिया के काफी पास खड़ी सुनीता ने दबी हुई आवाज़ में अपने बेटे को उसकी बाजू को कस के पकड़ने तथा रोने का बहाना करने के लिए विवश किया। सिया ने उसके शब्द लगभग स्पष्टता के साथ सुने।

"बेटा, क्या तुम इस वर्ष अपनी मां के साथ डिज्नीलैंड नहीं जाना चाहते? डैडी की ओर ना देखो। तुम जानते हो ना, कि वह इस दौरान तुमसे मिलने के लिए कभी नहीं आए। यदि हम जीत गए, अब यह जज अंकल ही केवल तुम्हें हमारी यात्रा पर जाने देंगे। बेटा, अपनी माँ की बात सुनो और जैसा मैं कहती हूँ बस करो।"

लड़के ने अपनी माँ की ओर देखा तथा उसकी आंखों से आंसू बहने लगे। परन्तु वे आंसू बनावटी नहीं लग रहे थे। नन्हें बच्चे की आंखें सच्ची व पवित्र लग रही थीं। उसकी आंखों में ऐसा भाव था, जो उदास और भावुक करने वाला था।

अगले पल, सबीर ने स्वयं अपनी जीन्स की दाईं जेब से रूमाल निकाला तथा उन्हें पोंछने की कोशिश की।

सिया अचंभित थी। आखिर यह महिला किस प्रकार की इंसान थी? क्या वह पूरी तरह भावनाओं से रिक्त थी?

विवाह जैसा पवित्र बंधन, जिसमें वह पूरी तरह विश्वास करती थी, दिन प्रतिदिन निराशाजनक तरीके से टूट रहा था और सिया कोर्ट की गतिविधियों के माध्यम से इसकी साक्षी थी।

सिया को सबीर के लिए अत्यंत चिंता हुई। *बेचारा बच्चा, न जाने किस दयनीय परिस्थिति से गुज़र रहा होगा, सिया ने सोचा।*

जो भी उसने माधव की पत्नी सुनीता को कहते हुए सुना, वह माननीय मैजिस्ट्रेट से एक टूक कहना चाहती थी। परन्तु उसे संदेह हुआ कि क्या वह इस तरह, हस्तक्षेप कर सकती थी। माननीय मैजिस्ट्रेट मोनिटर की ओर देखने में व्यस्त थे तथा कोर्ट रूम में होने वाली घटनाओं से अनभिज्ञ लग रहे थे, *या ऐसा सिया का अनुमान था।*

सिया ने अपने मुवक्किल की ओर देखा जो अपना सिर झुकाए खड़ा था। उसने श्री आदित्य की ओर देखा जो, दस्तावेजों को पढ़ने में व्यस्त थे। फिर सिया की नज़र सुनीता की ओर पड़ी और उसको लगा जैसे सिया ने उसके चेहरे पर मंद मुस्कान देखी। सिया उत्तेजित थी कि वह वहाँ क्यों खड़ी थी। एक बार फिर, उसने प्रार्थना की कि यह कार्रवाई, जल्द समाप्त हो जाए।

तभी, अगले क्षण कुछ हुआ जिसने वहां उपस्थित हर एक व्यक्ति को हैरान कर दिया।

लगभग पाँच मिनट बीत चुके थे। सबीर अभी भी, अपनी मां के साथ खड़ा था। माननीय मैजिस्ट्रेट ने मानिटर से अपनी नज़र हटाई, सामने रखी फाईल को बंद किया तथा, अपने समक्ष खड़े पक्षों को देखा। उन्होने एकाएक विरोधी पक्ष के अधिवक्ता से पूछा –

''मेरे प्रिय दोस्त, क्या आप एक अनुभवहीन वकील हैं? आप कितने समय से प्रैक्टिस कर रहे हैं?'' न्यायाधीश ने कड़े व सख्त लहजे में पूछा।

दुविधा में पड़े वकील ने अपनी टाई ठीक की, हाथ में दस्तावेज़ों को टटोला, तथा घबराई हुई आवाज में जवाब दिया :–

''नहीं जनाब, मैं पिछले सात साल से प्रैक्टिस कर रहा हूँ।'', वकील सहमा हुआ खड़ा था।

माननीय मैजिस्ट्रेट ने तब सबीर की ओर देखा तथा कहा:

''बेटा, आप कृपया बाहर क्यों नहीं जाते । वहाँ पर अपनी माँ के आने का इंतजार करो, वह जल्दी ही आपके पास आएँगी।''

उन्होंने कोर्ट क्लर्क को संकेत करते हुए उसे रूम के बाहर बैंच तक बच्चे के साथ जाने, तथा वहां पर बच्चे के साथ अगले आदेश तक बैठने का सख्त आदेश दिया।

थोड़ी सी उलझन में परन्तु, उस माहोल से निकलने की राहत के साथ, सबीर ने एक बार फिर से अपने बाएं हाथ से अपना चेहरा पोंछा, अपने माता–पिता को अंतिम बार देखा, तथा तुरंत कमरे से बाहर चला गया।

''मैडम ,आप जानती हैं ना कि यह केस, आपके पति के द्वारा न्यायिक अलगाव के लिए दायर किया गया है? माननीय मैजिस्ट्रेट ने तब श्रीमति सुनीता से पूछा;

''हां जी श्रीमान'', महिला की ओर से धीमा सा जवाब आया।

''मैं आशा करता हूँ कि आपके वकील ने पहले ही, आपको कोर्ट में आज आपकी उपस्थिति के उद्देश्य के बारे में बता दिया होगा?'' मैजिस्ट्रेट ने अब थोड़े ऊंचे स्वर में कहा।

''मेरा ऐसा अनुमान है, ज ज ज, जज साहिब'', सुनीता एवं उसके वकील अब चिंतित हो रहे थी।

''क्या आप जानती है कि आज की कार्रवाई, आपके अपने बच्चे को अपने पास रखने के अधिकार से सम्बन्धित नहीं है?'' माननीय मैजिस्ट्रेट का लहजा अब थोड़ा और सख्त हो रहा था।

''हां, मैं जानती हूँ श्रीमान''

दोनों; मुवक्किल एवं उसका वकील बेचैन हो रहे थे तथा एक–दूसरे की ओर बिना किसी भाव के देख रहे थे।

अगले वाक्य कहने के लिए मैजिस्ट्रेट लगभग, अपनी कुर्सी से खड़े हो गए;

''क्या आप मुझे बतला सकती हैं कि आप अपने छोटे से बच्चे को यहाँ क्यों लेकर आई? जबसे आपने मेरे कोर्ट में प्रवेश किया है, मैं आपको गौर से देख रहा हूँ। पिछले तीन महीनों से आप सम्मन (कोर्ट का नोटिस) स्वीकार करने से बचती रही।

अब जब आपने अंततः हमें अपनी उपस्थिति से अनुगृहित करने का निर्णय किया तब अपने राथ राथ, अपने छः वर्ष के मासूम पुत्र को भी इस कोर्ट परिसर का हिस्सा बनाने का अद्भुत निश्चय क्यूँ लिया?''

यह सुन सब को एहसास हुआ कि माननीय मैजिस्ट्रेट ने पूरी कार्रवाई को शब्द दर शब्द सुना एवं देखा था।

''नहीं श्रीमान, मैंने उसे अंदर लाने का सोचा, नहीं जानती थी और कहाँ.... ले. ...जाती...' सुनीता ने लगभग न्यायाधीश को बीच में टोका था, और उसके परिणाम का उसको अनुमान ना था।

"नहीं मैडम नहीं, आप ऐसा नहीं कर सकती हैं। मैं यह दोहराता हूँ कि छोटे बेकसूर बच्चों को, कोर्ट में न लाए , तब तक, जब तक न्यायाधीश स्वयं ऐसा करने का आदेश ना दे। आप अपने बच्चे को मेरे सामने आने तथा आंसू बहाने के लिए मजबूर कर, क्या हासिल करना चाहती थीं। मैं नहीं जानता कि आपके विवाह की असफलता के लिए कौन दोषी है, तथा मैं इस पर अभी कोई भी राय नहीं दूंगा जब तक मैं, दोनों पक्षों को सुन न लूँ।

परन्तु मैं हैरान हूँ कि आप किस प्रकार, अपने बच्चे को इस केस को अपने पक्ष कि तरफ झुकाने के लिए मोहरे की तरह इस्तेमाल कर रही थीं। आपको कोई एहसास भी है कि इसका आपके बच्चे के मन व अंतरात्मा पर किस तरह का कुप्रभाव होगा?"

यह सब सुनकर सुनीता पूरी तरह शर्मिंदा थी तथा जड़ रूप में खड़ी रही। कोर्ट रूम के अंदर पूरा सन्नाटा था।

दिल की गहराई में सिया वास्तव में प्रसन्न नहीं थी परन्तु यह देख उसे अत्यंत चैन मिला कि कम से कम न्यायाधीश इन सब से बारे में अनभिज्ञ नहीं थे तथा दूसरे कार्यों में व्यस्त होते हुए भी, उनकी आंखें व कान इस कक्ष में हर जगह थे।

माननीय मैजिस्ट्रेट ने यह महसूस करते हुए कि उन्होंने अधिक श्रोताओं के सामने लगभग अपना आपा खो दिया था, अपने टेबल पर रखा पानी का गिलास पिया और कहाः

"इस कोर्ट में उपस्थित आप सभी के लिए मैं यह फिर से स्पष्ट रूप से दोहराता हूँ कि आप में से कोई भी अपने बच्चों को न्यायालय प्रक्रिया का इस प्रकार हिस्सा एवं गवाह नहीं बनाएंगे जैसा कि आज मेरे सामने हुआ है'।"

उसने सभी की ओर इस प्रकार देखा जैसे कि बच्चों से भरी कक्षा से एक प्रिन्सिपल बात कर रहे हों।

"मैडम, आपने यदि ऐसा एक बार दोबारा करने की कोशिश की तो आपकी उपस्थिती के बावजूद मैं एक–तरफा कार्रवाई करुंगा, तथा आपको इस न्यायालय की अवमानना का दोषी भी माना जाएगा। यह सब सच में आपके हितों के खिलाफ होगा।"

उन्होंने आगे निःसन्देह होकर कहा।

उपरोक्त शब्दों के साथ मैजिस्ट्रेट साहिब ने रीडर की ओर देखा व लिखने का आदेश दिया–

कृपया दर्ज करें–

"विरोधी पक्ष, श्रीमति सुनीता वर्मा आज उपस्थित है। ब्यान दर्ज नहीं हुआ है। देरी से उपस्थित होने के लिए ₹ 20,000/– का शुल्क कानूनी सहायता सेवा प्राधिकरण के पास, आज ही दूसरे पक्ष के वकील द्वारा जमा करवाया जाए।

मुकद्दमा 7 दिसम्बर 2011 के लिए स्थगित किया जाता है।"

दस मिनटों के लिए कोर्ट का अवकाश।

इसके साथ ही माननीय मैजिस्ट्रेट अपनी कुर्सी से उठे तथा हर किसी को चकित करते हुए, कोर्ट रूम से बाहर चले गए। एक मिनट के लिए उनके कक्ष में में पूरी तरह से सन्नाटा रहा। धीरे–धीरे, वकीलों व दूसरे लोगों ने रूम से बाहर निकालना शुरू कर दिया। श्री आदित्य भी, फोन पर बात करने के लिए बाहर की तरफ निकले।

सिया ने अपना बैग व फाइलों का ढेर उठाया तथा अपने मुवक्किल माधव की ओर देखा जो एक कोने में खड़ा था।

सूनीता कमरे के दूसरे कोने में एक कुर्सी पर सर नीचे कर बैठी हुई थी।

सिया ने अगले ही पल, कोर्ट के द्वार पर, सबीर को वहां आश्चर्य चकित खड़ा पाया। बच्चे के चेहरे के भाव यह स्पष्ट कर रहे थे कि वह, इस सब के दौरान, वहीं मौजूद था। वह अपने दोनों माता–पिता की ओर देख रहा था।

वह मासूम बच्चा रो रहा था तथा इस बार फिर से उसके आंसू असली थे।

भावपूर्ण सिया उसे उसी वक़्त गले लगाना चाहती थी, परन्तु उसने अपनी आंखों से गिरते आँसुओं को एक बार फिर, छिपाने का प्रयास किया।

उस क्षण, सिया ने परिवार को अकेला छोड़ना ही बेहतर समझा। जाने से पहले,

उसने माननीय मैजिस्ट्रेट की सीट की ओर,फिर एक बार गर्व से देखा। उसने इस युवा न्यायाधीश के लिए अधिक से अधिक सम्मान महसूस किया।

वह हैरान थी कि ऐसा क्यों कहा जाता है कि कानून अंधा है।

कानून ना ही अंधा है और न ही बहरा, यह आज पुनः सिद्ध हुआ।

****

मुकद्दमा

'Lex Non Deficere Potest In Jusitia Exhibenda"

'कानून न्याय के प्रसार में असफल नहीं हो सकता है।'

3. आइटम न. 25 का इंतज़ार

"सिया, हमारा मुकद्दमा वर्ष 1998 से उच्च न्यायालय की रेगुलर लिस्ट में है तथा इसकी सुनवाई, अब किसी भी समय हो सकती है।" सिया के नए बॉस, कम्पनी के कानून विभाग के प्रमुख ने सिया को बताया। वह इस कंपनी की साथ हाल ही में जुड़ी थी। जैसा कि उसे आदेश दिया गया, सिया को अगले दिन, 2 बजे के बाद, उच्च न्यायालय जाना था।

सिया ने अंततः अपने कानून के पेशे में कुछ स्थायित्व प्राप्त कर लिया था तथा उसने अपना प्रथम, दीर्घकालिक काम प्राप्त कर लिया था। यह उत्तर भारत के शहर में स्थित निजी कम्पनी के आंतरिक कानून विभाग में एक वर्षीय अनुबंधित नौकरी थी। यह प्रस्ताव, उसे अपने चचेरे भाई के संदर्भ से यूंही प्राप्त हुआ था। *यदि चयन हो भी जाता, तब भी सिया ने इस नौकरी से ना जुड़ने का मन ही मन, सोच रखा था।*

कारण यह था कि वह इतनी जल्दी नौकरी स्वीकार कर, स्वयं को, किसी एक

खास कम्पनी के कानूनी मामलों तक सीमित नहीं करना चाहती थी। न ही वह, कार्यालय में बैठकर, लिपिक का काम करना चाहती थी। उसने कोर्ट जाने में आगे बढ़ने की उम्मीद देखना शुरू कर दिया था। कोर्ट रूम में अंतहीन प्रतीक्षा व अनियमित कार्य समय के बावजूद यह सब उसको अब आकर्षित करता था।

वह केवल एक दफ्तर में पूरा दिन कम्पयूटर के सामने बैठने की नौकरी करने की इच्छुक नहीं थी। उसने पिछले दो वर्षों में यह महसूस किया कि उसके लिए, इस पेशे में सीखने के लिए बहुत कुछ था तथा अगर वह और मेहनत करे, तो सिया कुछ समय में अपनी स्वतंत्र वकालत भी शुरू कर सकती थी।

परन्तु जहां दूसरी इंटर्नशिप/प्रशिक्षणों में सिया को बहुत कम या छोटी राशि का भुगतान होता था, कम्पनी में इस काम के लिए उसे 30,000/- प्रतिमाह दिया जा रहा था, जिसमें एक वर्ष की अवधि की समाप्ति पर और वृद्धि होनी थी। अपने दोस्तों व अन्य सहपाठियों की तुलना में, सिया सच में, बेहतर प्रस्ताव प्राप्त कर रही थी।

अपनी नयी नौकरी में सिया लॉ ट्रेनी के पद के लिए तीन उम्मीदवारों में से एक चयनित अधिकारी थी। सौभाग्यवश, सिया को उत्तर भारत के एक सुंदर प्रसिद्ध शहर में रहने का, अवसर मिल रहा था। उसका कार्यस्थल, उसके चचेरे भाई के घर से केवल एक घण्टे की दूरी पर था।

पहली बार उसने प्रस्ताव ठुकरा दिया क्योंकि वह, 9 से 5 तक की नियमित नौकरी के लिए अनिच्छुक थी। परन्तु, परिवार के द्वारा उसे समझाया गया कि यह उसके लिए नई शुरुआत हो सकती थी तथा, उसके पेशेवर जीवन को स्थायित्व प्रदान कर सकती, जिसकी इस वक़्त, सिया को बहुत आवश्यकता थी। *आम तौर पर जिद्दी सिया ने, अंततः स्वीकृति दे दी।*

उसे अपने नए कार्यालय में प्रवेश किए अब लगभग एक महीना बीत चुका था। जैसा कि उसने अनुमान लगाया था, शुरुआती अवधि अधिकांशतः बिना किसी उतार–चढ़ाव के थी। परिचय के प्रारंभिक दौर के बाद, सिया के आरंभिक दो सप्ताह, कम्पनी के विभिन्न विभागों के साथ वार्तालाप में बीते।

सिया की प्राइवेट कंपनी सरकारी अनुक्रमों के लिए टेंडर के द्वारा सिविल कार्यों में पिछले कई वर्षों से ग्रस्त थी। सिया को, कम्पनी के द्वारा तथा कम्पनी के खिलाफ दायर किए जाने वाले कानूनी मामलों की प्रकृति के बारे में अवगत करवाया गया तथा यह भी बताया गया कि उसकी क्या भूमिका व ज़िम्मेदारी होगी। उनके विभाग में में दो और सदस्य थे, एक पुरुष व एक महिला तथा उनमें से, वह, सबसे छोटी थी।

चूंकि वह पहले से ही कोर्ट कार्रवाइयों में सक्रिय रूप से शामिल थी, जिसका उसके नए बॉस को आभास था, इसलिए उन्होंने यह निर्णय लिया कि उसे सबसे पहले कम्पनी के मुकद्दमों के बारे में अवगत करवाना बेहतर होगा। उन्होंने उसे इस खास केस के लिए उच्च न्यायालय भेजने का निर्णय किया जो पिछले दस वर्षों से अंतिम सुनवाई के लिए लंबित था।

मामला पेचीदा नहीं था। यह एक बहुत पुरानी *'रिट पेटीशन'* थी जिसे सिया की कम्पनी ने, एक सार्वजनिक उपक्रम के द्वारा उसकी तकनीकी बोली को नकारने तथा उसका आबंटन रद्द करने के कारण दायर किया गया था। कंपनी का दावा था की उन्हे कुछ असली दस्तावेजों की कमी के कारण, प्रत्यक्ष रूप से गलत तरीके से नकार दिया गया गया। जबकि, निविदाकी शर्तों के अनुसार प्रमाणित सत्यापित प्रतियाँ *(सर्टिफाइड कॉपी)* भी वैध रूप से स्वीकार्य थीं।

यह केस वर्ष 1998 में एडमिट होने के बाद, सुना नहीं गया तथा कोर्ट द्वारा रेगुलर लिस्ट में डाल दिया गया। माननीय उच्च न्यायालय के समक्ष कई बार उल्लेख के बावजूद, इस केस की सुनवाई नहीं हो सकी क्योंकि न्यायालय पर अपने दैनिक मुकद्दमों का ही अधिक बोझ था।

इस पृष्ठभूमि में, सिया को फाईल सौंपी गई तथा उसे निर्देश दिया गया कि वह अगले दिन कार्यालय में आकर तथा, दोपहर के भोजन के बाद कम्पनी के प्रतिनिधि के तौर पर उच्च न्यायालय पहुंच, इसका प्रतिनिधित्व कर रहे पैनल अधिवक्ता से संपर्क करे।

आधे मन से, निराश हो, सिया ने यह नया काम स्वीकार कर लिया। वह इस बात को भली–भांति जानती थी कि उसके पास, अपने पेशेवर जीवन की शुरूआत में ही ऐसे गैर–अद्भुत प्रस्ताव को अस्वीकार करने की कोई क्षमता नहीं थी। अब तक उसने किसी

भी प्रशिक्षण में 3–4 महीनों से ज़्यादा का समय व्यतीत नहीं किया था चाहे यह कोई संगठन या किसी वकील के साथ हो। परन्तु जैसा कि उसके माता–पिता का आदेश था, उसे इस नौकरी में कम से कम एक वर्ष तक धैर्य से काम करना था।

दिन की निराशाजनक समाप्ति पर, वह अपने घर पर पहुँची तथा सीधे अपने कमरे में चली गई, इस फीकी उम्मीद के साथ कि नया दिन उसके लिए कुछ रोचक चुनौतियां लाएगा। परन्तु कॉलेज सहपाठी के साथ उसके फोन पर हुए वार्तालाप ने उसकी सारी आशाओं को समाप्त कर दिया।

तब तक उसे अधिक पता नहीं था कि *रेगुलर लिस्ट'* क्या होती थी तथा शुरुवाती समय में, उसे अपने बॉस से इसके बारे में पूछना अजीब लगा रहा था। इसके अलावा उसे डर भी था कि इसकी जानकारी न होने के कारण, कहीं उसका मज़ाक ना उड़ाया जाए। इसलिए, उसने अपने वकील मित्र को उसी रात फोन किया जिसने उसे यह बताया कि वह वास्तव में एक मृत–क्षेत्र *(डैड जोन)* में प्रयास करने जा रही है।

आधे घण्टे के वार्तालाप में, उसे यह बात जानकर अत्यंत निराशा हुई कि चूंकि सिया की कंपनी का मुकद्दमा रेगुलर लिस्ट में था, इसलिए उसका अगला दिन या आने वाले कुछ दिन तथा हफ्ते पूर्ण रूप से व्यर्थ हो सकते थे।

''तब इसे रेगुलर लिस्ट क्यों कहा जाता है??!!' उसने हैरान होकर अपने मित्र तथा स्वयं से पूछा। मित्र द्वारा बताई गई जानकारी पर सिया को आश्चर्य एवं क्रोध आ रहा था। उसने सिया को *एडवांस, सप्लीमैंट्री व रेगुलर लिस्ट* तथा इन सूचियों की जननी सूची *(मास्टर लिस्ट)* अर्थात, *'कॉज़ लिस्ट'* के बारे में समझाया, जो एक वकील के पेशे पर बहुत अधिक प्रभाव रखती थी ।

प्रतिदिन, शाम 4 बजे के पश्चात, सम्बन्धित न्यायालय विशेषकर, हर प्रदेश का उच्च न्यायालय व देश का उच्चतम न्यायालय अगले दिन के लिए रोज की कॉज़ लिस्ट को अपनी बेवसाइट्स पर प्रकाशित करते थे तथा इसे न्यायालय में भी प्रदर्शित किया जाता था। कॉज़ लिस्ट का साधारण अर्थ था, क्रम के अनुसार, किसी एक दिन पर सुनवाई के लिए निश्चित केसों की संकलित सूची। इसके अतिरिक्त, व्यक्ति केवल एडवांस लिस्ट व सप्लीमैंट्री लिस्ट भी अलग–अलग देख सकता था।

कुछ दिन पहले या एक दिन पहले सभी *'नए'* दायर मामलों/अर्जियों/याचिकाओं को सुबह सबसे पहले सूचीबद्ध किया या जाता था तथा, उन्हें सप्लीमैंट्री लिस्ट में इक्कठा रखा जाता। उसके बाद, एडवांस लिस्ट की बारी आती। इसमें वे मामले शामिल होते, जो पहले, कम से कम एक बार सुनवाई के लिए सूचीबद्ध हुए थे तथा अब वे, न्यायालय के द्वारा निर्धारित तिथि पर आगे की कार्रवाई के लिए समयानुसार सुनवाई पर आ रहे थे।

इन सब के बाद रेगुलर लिस्ट की बारी आती थी, जिसमें तकरीबन एक दशक पुराने या वर्षों पुराने केस होते थे, जिनका वर्गीकरण इस सूची में किया गया था।

यह जानने के बाद, *सिया स्तब्ध* हो चुकी थी। उसे आगे बताया गया कि अधिकतर मामलों में इस रेगुलर सूची की सुनवाई में अधिक समय लगता था, बशर्ते जल्दी सुनवाई की कोई अर्जी दायर की गई हो तथा इसे न्यायालय के द्वारा स्वीकार कर लिया गया हो। आमतौर पर, न्यायाधीश दोपहर के खाने के अवकाश के बाद अक्सर थोड़ा सा समय इन रेगुलर (अर्थात नियमित) मामलों की सुनवाई के लिए तय करते, *परंतु निश्चित रूप से नहीं।*

भाग्यवश, जिस न्यायालय में सिया कि कंपनी का मुकद्दमा सूचीबद्ध था, वह न्यायाधीश वास्तव में रेगुलर लिस्ट के मामलों को, काफी समय से, 2 बजे के बाद लगभग प्रतिदिन सुन रहे थे। खुद को सकारात्मक महसूस करने के लिए ये सोच, अगले दिन सिया रोज की तरह तैयार हुई तथा कार्यालय पहुँची। भोजन के बाद वह आदेशानुसार न्यायालय के लिए निकल पड़ी, केवल इस आशा के साथ की शायद, भाग्य उसका साथ दे तथा, उसका मामला अगले हफ्ते ही सुनवाई पर आ जाए।

जैसा कि सिया कि आदत थी, उसने अपने बैग में एक छोटा उपन्यास भी डाल लिया कि कहीं शायद उसे सारी दोपहर न्यायालय परिसर में बिना किसी काम के बैठना पड़े।

उच्च न्यायालय

जैसे ही 1:30 बजे सिया न्यायालय पहुँची तथा गैलरी के अंदर प्रवेश किया, सिया ने वही तरंगें महसूस की जो उसे दूसरे समान न्यायालय में जाने के दौरान अनुभव होती थी। हमेशा की तरह, न्यायालय चहल पहल से भरपूर था तथा पूरा वातावरण ऐसे शोर

से गूंज रहा था जैसे कि आधे से ज़्यादा शहर के लोग, वहाँ अपने किसी केस के लिए मौजूद थे।

सिया लम्बे समय के बाद न्यायालय आई थी तथा उससे पहले वह केवल एक—दो बार ही उसे एक उच्च न्यायालय को देखने का अवसर मिला था। सिया ने बाईं ओर देखा, दाईं ओर देखा तथा जहां तक वह देख सकती थी, वहां दूर—दूर तक, अपने हाथों में फाइलें पकड़े हुए युवक वकील, अधेड़ उम्र के पुरुष, महिलाएं तथा कुछ बहुत वृद्ध अधिवक्ता दिखे।

वे सभी, काले व सफेद रंग के कपड़े तथा सफेद कॉलर, रोब पहनें अच्छी वेशभूषा में थे। लगभग हर कोई एक प्रकार की होड़ में दिख रहा था। कई लोग सिया से टकराए परंतु वे बिना किसी चीज़ की परवाह किए अपने—अपने सम्बन्धित कोर्ट रूम की ओर भाग रहे थे।

सिया की पुरानी यादों को जैसे फिर किसी ने ताज़ा कर दिया था।

जब भी सिया कोर्ट रूम में प्रवेश करती थी, वह अपने आस—पास वकीलों की संख्या को देखकर चकित हो जाती थी। यह सब वकील कहां से आते थे? वह इस आवेशित वातावरण को देखकर मंत्रमुग्ध हो जाती थी जहां पर आधे वकील केवल पास—ओवर व स्थगन निवेदन के लिए अक्सर आते थे। शायद कुछ चुनिन्दा भाग्यशाली केस ही उस दिन उनके तर्कसंगत निष्कर्ष पर पहुँचते थे।

चाहे मुकद्दमें या वकीलों की संख्या, इनमें हर बीतते हुए दिन के साथ बढ़ोतरी प्रतीत होती थी।

सिया ने अपने मन में उमड़ रहे अंतहीन विचारों को एक ओर रख अपने कोर्ट की ओर चलना शुरू किया। माहौल ऊर्जा से इतना भरा हुआ था कि वह इसकी तुलना, अपने नए कार्यालय के नीरस, उक्ता देने वाले दिन से करने लगी, जहां पर उसने लगभग अपना पूरा दिन कम्प्यूटर के सामने अपनी कुर्सी पर बैठे हुए बिता दिया था।

इन दो वातावरणों में, इतना अधिक अंतर था कि सिया सरलता से समझ पा रही

थी कि क्यों उभरते हुए युवा वकील, आरामदायक 9 से 5 की कोर्पोरेट या सरकारी नौकरी को छोड़कर, मुकद्दमेबाजी (कोर्ट प्रैक्टिस) का चुनाव करते थे।

परन्तु तब वह नहीं जानती थी, कि वह इसके लिए बनी है या नहीं।

उसने घड़ी पर 2 बजने का इंतजार किया चूंकि, यह दोपहर के भोजन का समय था। वह प्रथम तल पर अपने सम्बन्धित कोर्ट रूम में पहुँची। जैसे कि हर कोर्ट का नियम था, पहली 2—3 बेंच वकीलों के लिए रखी जाती थीं, इसलिए सिया ने, तीसरी बेंच में स्थान प्राप्त किया। वहां बैठकर, मन ही मन अपने केस की जल्दी से जल्दी बारी आने की प्रतीक्षा करने लगी।

ऐसा नहीं था कि उसने ऐसा, पहले ही दिन होने की उम्मीद की थी। अपने मित्र के साथ पिछली रात की बातचीत के बाद, उसे पूरा यकीन था कि आने वाले दिनों में यह, उसकी दिनचर्या बनने जा रही थी, तथा उसने निराशा के साथ, अपनी किस्मत के आगे घुटने टेक दिए थे।

जो वकील उसकी कम्पनी का प्रतिनिधित्व कर रहे थे, वह 75 वर्षीय वृद्ध व्यक्ति थे। सिया उनसे कोर्ट रूम से बाहर ही उनके एक जूनियर वकील सहित मिली। परिस्थिति को और खराब करते हुए, उसके संज्ञान में यह लाया गया कि उनके मामले में सुनवाई में देरी का, कारण एक दशक पुराना पारिवारिक सम्पत्ति विवाद था, जो उनके केस से एक नम्बर पहले ही सूचीबद्ध था तथा, जिसके निर्णय में, लम्बा समय लग रहा था।

सिया का केस पिछले कई महीनों से अंतिम बहस के स्तर पर था। परन्तु, अपने निहित हितों के मद्देनजर, सिया की कम्पनी कोई भी जोखिम नहीं लेना चाहती थी। इसलिए, कम्पनी के निदेशक (डाइरेक्टर) ने ये निर्णय लिया था कि उनकी ओर से, विधि कक्ष के एक अधिकारी का न्यायालय में असली दस्तावेज़ों की फ़ाइल सहित उपस्थित रहना आवश्यक था, जिनको न्यायालय अंतिम बहस के दौरान मांग कर सकता था।

जब सिया अत्यंत ठण्डे एयर कंडिशनर की हवा के ठीक नीचे बेंच पर बैठी हुई थी, जल्द ही उसने महसूस किया कि मानो समय रुक सा गया था। जैसे ही घड़ी पर 3 बजे तथा फिर होते होते शाम के 4, इस दौरान दशक पुराना सम्पत्ति विवाद, इन दो

घण्टों तक जारी रहा। प्रत्येक पक्ष का प्रतिनिधित्व तीन वकील कर रहे थे। ऐसा लगता था कि उनके पास मामले में कहने व बहस करने को बहुत कुछ था।

एक–दो बार तो सिया को नींद कि झपकी आ गयी थी, परन्तु इस भय से वह झटके से उठ गई कि कहीं न्यायाधीश उसे देख न लें। इसलिए वह पूरा समय सिर झुकाये केस की फाइल को गौर से देखती रही और उसके पन्नों को अक्सर पलटती रही, शायद ये दिखाने के लिए कि वह अपनी फाइल में मसरूफ है।

वास्तव में सिया अमिताव घोष की नयी किताब "द हंगरी टाइड' पढ़ रही थी।

वह वातानुकूलित कमरे में बैठने की बिल्कुल शौकीन नहीं थी क्योंकि ऐसा ठंडा वातावरण, सिया के सर में दर्द करता था। वह हमेशा अश्चर्यचकित होती थी कि तकरीबन हर कोर्ट रूम में, एयर कंडिशनर को इतने कम तापमान पर क्यों रखा जाता था।

क्या वहाँ पर अकेली वही थी जो ठिठुर रही थी, सिया खुद से ही बातें करती रही। उसने स्वयं को आदेश दिया कि कल से उसे एक कोट या ओवर–कोट अवश्य ही साथ लाना होगा।

इस दौरान कभी–कभी, सिया को अपने बॉस का कार्यालय से फोन आता था, उसे शायद यह याद दिलाने के लिए कि उसे वहां तब तक बैठे रहना होगा, जब तक न्यायाधीश स्वयं दिन का कार्य समाप्त ना करे।

जैसे ही कुछ और समय बीता, न्यायाधीश ने ठीक 4:30 बजे के करीब उस दिन के लिए अपनी कार्रवाई बंद कर दी। सिया पूरी तरह से शक्तिहीन हो चुकी थी। वह इस बात से भी नाराज़ हुई कि उसके वकील बीच में ही उठ कहीं चले गए थे।

उनके जूनियर से पूछने पर, सिया को बताया गया कि उन्हें दूसरे कोर्ट में किसी महत्वपूर्ण मामले में उपस्थित होना था। इस जवाब ने, सिया की निराशा को कम किया। वह पूरा दिन व्यर्थ बीत जाने से खिन्न थी। जब वह भारी केस फाइल के साथ गेट की ओर बाहर जाने लगी, उन्हें अगले दिन फिर वापिस लाने के लिए, सिया ने स्वयं में एक खालीपन महसूस किया।

दिन समाप्त हो चुका था तथा सिया शाम 5:30 बजे घर पहुँच गई। गुज़रे हुए दिन की ओर सोच, सिया अब व्यंगपूर्वक मुस्कुरा रही थी क्योंकि उसने पूरे दिन में सुबह एक लीगल नोटिस का जवाब टाईप करने तथा, 1 बजे के पश्चात, अपने उपन्यास के 30 पृष्ठ पढ़ने के अतिरिक्त कुछ नहीं किया था।

उसको यह आभास भी नहीं था कि आने वाले तीन हफ्तों तक यही उसकी दिनचर्या होने वाली थी। हर दिन, पहले सिया कार्यालय जाती तथा कुछ केस फाईल पढ़ती। यदि आवश्यक होता तो कोई नोट्स ड्राफ्ट करती, बॉस के द्वारा दिया कोई दूसरा कार्य करती तथा दोपहर का खाना खाने के बाद, तकरीबन 1:15 के करीब कोर्ट चली जाती।

हर दोपहर, वह कोर्ट रूम में इस धूमिल आशा के साथ पहुँचती कि शायद किसी महा देव की कृपा से उसके केस की सुनवाई आज हो तथा वह, इस एक दिनचर्या से किसी तरह मुक्त हो जाए जो कि तब तक एक असंभव लक्ष्य बन चुका था।

क्या उसे प्रतिदिन आधे दिन के लिए न्यायालय में बैठने तथा लोगों को बात करते हुए सुनने के लिए भुगतान दिया जा रहा था? वह अक्सर सोचा करती थी। क्या हर जगह यही रिवाज़ था?

वह अकसर कोर्ट में अपने एल एल. बी के समय के कुछ बैचमेट्स से मिलती तथा यह देख विचलित हो उठती थी कि उनमें से अधिकतर कोर्ट रूम में पास–ओवर लेने या अपने वरिष्ठ वकीलों की फाइलें उठाए उनके पीछे भाग रहे होते थे। कुछ ऐसे भी थे जो माननीय न्यायाधीशों के साथ प्रशिक्षार्थी (ट्रेनी) के रूप जुड़े हुए थे और कोर्ट के भी भीतर पूरा दिन आदेश नोट करते व्यतीत करते।

उसकी पहचान के कुछ ही सहपाठियों को वास्तव में न्यायालय के समक्ष दलीलें देने या अच्छी गुणवत्तापूर्ण लीगल ड्राफ्टिंग का अवसर मिलता था। उसकी दिशाहीन दैनिक गतिविधि उसे अंदर से कचोटती थी। सिया ने कभी भी स्वयं को अपने जीवन में इतना असहाय महसूस नहीं किया था। उसने अपने केस के पहले मुकद्दमें जो कि एक सम्पत्ति विवाद था, में भी वकीलों का दलीलों पर ध्यान देने का भरसक प्रयास किया, परन्तु उनकी आवाज़ें इतनी हल्की तथा मुद्दा इतना जटिल लगता था कि, वह पंद्रह मिनटों में

ही अपनी रुचि खो देती थी।

केवल कुछ ही ऐसे अवसर थे जब सिया को उनके कानूनी दाव पेचों को ध्यान से सुनने में दिलचस्पी होती थी, खासकर तब, जब न्यायाधीश उनको कोई प्रावधान की व्याख्या करने या सम्बन्धित निर्णयों का उदाहरण देने के लिए कहते। शेष समय में, वह सहानुभूति भरे एहसास के साथ, आस—पास के लोगों के चेहरों पर मौजूद बेचैन, चिंतित भाव से देखती रहती थी, जिनको इस बात की पूरी परवाह थी कि न्यायाधीश क्या आदेश पारित करेंगे।

शायद इन सब के पीछे एक छुपा हुआ उद्देश्य था जिसे वह स्वयं से पूछा करती थी।

वह नहीं जानती थी क्या उसने इन तीन हफ्तों में कानून की बारीकियों को सीखा था या नहीं, परन्तु उसने निश्चित ही *धैर्य* एवं *संयम* के बारे में बहुत कुछ सीखा जो इस समय की अवधि में, और इस पेशे में, वाकई सबसे अनिवार्य गुण थे।

उसके धैर्य का साथ देने व शायद उसको मानसिक बल देने के लिए, सिया के 75 वर्षीय वृद्ध वकील हमेशा कोर्ट रूम कि पहली बेंच में बैठ ध्यानपूर्वक, अपने आगे खड़े वकीलों की दलीलों को सुनते रहते थे।

एक—दो अवसरों को छोड़कर, जब उन्हें शायद बाथरूम या किसी ज़रूरी मामले की सुनवाई के लिए जाना पड़ा था, वह हमेशा कोर्ट रूम में उपस्थित रहते। यद्यपि उन्हें भी यह पता था कि उनके मुकद्दमें की सुनवाई की संभावना बहुत कम है, परन्तु सिया ने इस बात से कुछ प्रेरणा व सांत्वना प्राप्त की कि इस वृद्ध अवस्था में भी वह उसकी तरह उसी अग्नि परीक्षा से गुज़र रहे थे।

प्रतिदिन, वे दोनों कोर्ट रूम में लगभग एक समय पर प्रवेश करते, एक—दूसरे का अभिवादन करते तथा अपने—अपने स्थान पर अगले दो घंटों या कभी—कभी अधिक समय के लिए बैठ जाते, बिना किसी खास उम्मीद के।

यदि वह कर सकते हैं तो सिया तुम क्यों नहीं? सिया अकसर खुद से पूछती।

अत्यंत सुंदर इस न्यायालय में केवल इसकी कैंटीन ही सिया की एकमात्र रक्षक थी। जितने भी वकील व आम लोग इस न्यायालय में प्रवेश करते थे, शायद ही कोई ऐसा होगा जो इसकी कैंटीन या कैफे में कुछ खाए बगैर गया हो।

इससे पहले वह सिर्फ अपने भाई के साथ एक दो बार उसके कुछ निजी कार्य के रहते आई थी तथा इसके विविध मेन्यू जिसमें उसके पसंदीदा नान, पनीर, बिरयानी, इडली, डोसा, चिकन, समोसा, पेस्ट्री, ताजा जूस तथा और भी बहुत कुछ खाने के विकल्पों को देखकर, सिया हैरान थी।

सामान्यतः कैंटीन में हमेशा लोगों की भीड़ लगी रहती तथा, किसी भी दिन, वहां पर कोई भी खाली सीट नहीं दिखती थी। वेटर्स हमेशा इधर–उधर गर्मा–गर्म व्यंजनों के साथ भागते रहते थे तथा उनकी एक अद्वितीय व हैरान करने वाली बात यह थी कि वे, अपने पास, कोई भी पेन या कागज़ नहीं रखते थे। इस न्यायालय में केवल यही एक जगह थी जो शायद पेन, पैंसिल व कागज़ रहित थी। चाहे कितनी भी भीड़ क्यों न हो, वे केवल जबान से आर्डर लेते थे तथा उन्हें ,किसी तरह याद भी रहता था कि किस मेज पर क्या परोसना है।

क्योंकि ये कोर्ट अब सिया का दूसरा घर समान बन चुका था, वह प्रायः जल्दी आ जाती तथा व्यंजनों का आनंद लेती ताकि यह उसे अपना शेष आधा दिन कोर्ट रूम में बिताने की शक्ति दे।

23 अप्रैल 2013

उच्च न्यायालय, 16:00 बजे

"आइटम न. 25"

सिया अभी–अभी उस बटर–चिकन तथा नान के स्वाद को याद कर रही थी, जिसका उसने कुछ समय पहले लुत्फ उठाया था कि कोर्ट क्लर्क कि इस ध्वनि ने, सिया को झटके के साथ वास्तविकता में ला दिया। नम्बर '25' सुन, वह अपनी सीट से उछलने

के लिए मजबूर हो गई थी।

क्या उसने सही सुना? तकरीबन हर दोपहर के बाद का समय कोर्ट रूम में व्यतीत करते तथा अपने मुकद्में की बारी का इंतजार करते हुए अब तक उसे चार हफ्ते हो गए थे। आखिर, आकस्मिक, वह पल आ ही गया जिसकी सिया अब कल्पना भी नहीं कर सकती थी।

उसके लिए यह सब इतनी जल्दी हुआ कि वह कुछ समझ पाती की वहां क्या हो रहा था। पिछले विवाद / केस में 2:30 बजे से लगातार बहस चल रही थी। अब अपनी बात आगे रखने की बारी विरोधी पक्ष / प्रतिवादी के वकील की थी (प्रतिवादी वह, जिस पर आरोप लगाया जाता है)। हर दिन की तरह, सिया जानती थी कि कुछ भी सकारात्मक नहीं होगा तथा 4:30 बजे माननीय न्यायाधीश काम बंद कर देंगे।

परन्तु जैसा कि घटित हुआ, स्पष्टतः न्यायाधीश शायद एक ही मुद्दे को सुनते–सुनते इतना थक गए कि उन्होंने प्रतिवादी अधिवक्ता को कुछ और नवीनतम फैसलों की प्रति लाने को कहा।

माननीय न्यायाधीश ने उस मामले को उसी महीने के किसी दूसरे दिन के लिए स्थगित कर दिया क्योंकि, अधिवक्ता ने छोटी तिथि के लिए निवेदन किया था। अगला केस नम्बर बुला लिया गया था जो की सिया की कंपनी का मुद्दा था। जज साहिब, मुकद्में का निर्णय उसी दिन करने में उत्सुक थे चूंकि यह मामला लम्बे समय से लंबित था एवं उन्होंने केस अच्छी तरह पड़ा भी था। विवाद उन्हे जटिल भी नहीं लगा। *परंतु सिया इस सब से बेखबर थी।*

एक बार फिर से समय सिया के साथ था, परन्तु इस बार उसने ऐसा महसूस किया कि जैसे उसे अंततः स्वतंत्रता की टिकट मिल गई हो। जैसे कि उसने एक बड़ी लॉटरी जीत ली। उसकी आंखें ध्यान से बड़ी हो गईं तथा वह तुरंत खड़ी हो गई।

आगे बैठे, अपने वरिष्ठ वकील के पास खड़े होने के लिए सामने की तरफ पहुँच गई। उसके वकील सामान्यतः प्रथम बेंच पर ही मौजूद रहते थे और यह ही मानते हुए, सिया उत्सुकता के साथ, चेहरे पर मुस्कान लिए जज साहिब के समक्ष आने लगी।

जैसे ही लोगों की भीड़ को एक और धकेल कर, सिया, आखिर न्यायाधीश के सामने पहुँची, *आइटम न. 25* की ध्वनि एक बार फिर से उसके कानों में पड़ी।

जल्द ही, सिया को यह एहसास हुआ कि उसका वकील, जो पिछले साढ़े तीन हफ्तों से उसका सतत सहायक था, उस वक़्त कोर्ट परिसर से गायब था।

उसने पूरे कोर्ट रूम में चारों ओर देखा, परन्तु वहां ऐसा कोई नहीं था जो उसके अधिवक्ता की तरह दिखता था। वह अपने वकील के जूनियर वकील को भी कोर्ट रूम में नहीं ढूंढ सकी। सिया को अकस्मात याद आया कि वह उनसे, दोपहर के खाने के बाद मिली थी तथा कुछ देर पहले तक तो, वह ठीक उसकी नज़रों के सामने आगे बैठे हुए थे। अब उसे इस बात की कोई जानकारी नहीं थी कि वह वकील कहां गायब हो गए।

सिया, बेचैन, क्रोधित व आतुर थी। कई हफ्तों की प्रतीक्षा, अग्निपरीक्षा या यूं कहें की कभी न समाप्त होने वाली फिल्म अंततः अपने अंत / क्लाइमैक्स पर पहुँच गई थी। परन्तु, दुर्भाग्यवश, उसके 75 वर्षीय वृद्ध रक्षक ने उसे अंतिम क्षण में छोड़ने का निर्णय कर लिया था।

इस बीच, न्यायाधीश ने ऊंची आवाज़ में अंतिम बार केस को फिर पुकारा और पूछा," *क्या वादी अर्थात कम्पनी की ओर से कोई उपस्थित है?।"*

विरोधी पक्ष की ओर से एक जूनियर वकील उपस्थित था। सिया ने अपने फोन को टटोला जो उसके हाथ में था परन्तु वह जानती थी कि, वह इसका उपयोग कोर्ट रूम के अंदर नहीं कर सकती थी और यकीनन, माननीय न्यायाधीश के सामने खड़े होकर तो बिल्कुल भी नहीं।

उसे पहले ही एक अवसर पर इसकी सज़ा मिल चुकी थी जब उसका सैल फोन दुर्घटनावश रिंगिंग मोड पर छूट गया था तथा एक दिन फोन जोर से कोर्ट रूम में बज उठा था। इस कारण, उसका फोन कोर्ट के रीडर के द्वारा पूरे दिन के लिए ज़ब्त कर लिया गया था। ऐसा दोबारा न चाहते हुए, अब वह शब्दों के लिए छटपटाई तथा किसी प्रकार, साहस कर, यह कहने में सफल रही कि उसका वकील कोर्ट रूम में जल्दी ही प्रवेश करेंगे।

एक प्रशिक्षु होने के नाते तथा अपने नाम पर कोई वकालतनामा न होने के कारण, वह न्यायालय के अंदर अपनी उपस्थिति भी दर्ज नहीं करवा सकती थी।

सिया ने अपने वकील के नम्बर पर सम्पर्क करने का प्रयास जारी रखा तथा इस बार, घंटी बजी, परन्तु यह एक सैकेंड में काट दी गई। *शायद वे वापिस आ रहे हैं, सिया ने सोचा।*

उसके चेहरे का चिंतित भाव धीरे–धीरे राहत में तब्दील होने लगा। किन्तु न्यायाधीश, शायद अच्छे मूड में नहीं थे या वकील की अनुपस्थिति से, नाराज हो उठे थे। अचानक, उन्होंने सिया को कोर्ट रूम अनुशासन पर खूब खरी खोटी सुनने लगे। कैसे वह कोर्ट का समय बर्बाद कर रही थी, कैसे विरोधी पक्ष के वकीलों को केस के बारे में अधिक जानकारी होनी चाहिए थी, इत्यादि इत्यादि।

समय फिर से ठहर चुका था।

सिया, चुपचाप, अपने चेहरे पर बिना किसी भाव के न्यायाधीश की ओर देखती रही। वह अपने बाल नोचना चाहती थी। वह उन्हें यह बताना चाहती थी कि वह इस मामले की सुनवाई के लिए इतनी अधिक उतावली थी, जितनी अपने जीवन काल में शायद पहले कभी नहीं रही। उसे सच में इसकी परवाह नहीं थी कि यह मुकद्दमा, उसकी कम्पनी के पक्ष में हो या विपक्ष में।

वह तो बस यह चाहती थी कि मुकद्दमा किसी भी कीमत पर समाप्त हो।

परन्तु दुख की बात थी कि न्यायाधीश उसकी प्रार्थनाओं को सुनने को तैयार नहीं थे। केस को वादी *(पेटीशनर)* की ओर से अनुपस्थिति के कारण स्थगित कर दिया तथा आइटम न. 26 को पुकारा गया। अगले पाँच मिनटों में, न्यायाधीश ने दिन का काम समाप्त कर दिया।

सिया अभी भी एक ओर खड़ी थी। *वह नहीं जानती थी कि क्या करे या क्या कहे।*

खिन्न तथा अपने वकील पर बुरी तरह से क्रोधित, हालांकि इस सांत्वना के साथ कि दिन समाप्त हो चुका था, सिया कोर्ट से बाहर आई तथा अचानक एक वृद्ध व्यक्ति से

जा टकराई जो अंदर की ओर भाग रहे थे।

"सिया, क्या हुआ? हर कोई कहां जा रहा है? क्या मामला समाप्त हो गया है? क्या हमारा मामला लिस्ट हुआ था?"

वह व्यक्ति सच में भीड़ को पीछे छोड़ते हुए अंदर की ओर तेज़ी से आ रहे थे तथा बोलते समय बुरी तरह से हाँफ रहे थे।

"दूसरे कोर्ट में मेरा एक और जरूरी आपराधिक मामला सुनवाई पर था, इसलिए, मुझे वहां आकस्मिक जाना पड़ा। परन्तु, मैंने वहां पास–ओवर लिया तथा यहां भागता हुआ आया।

क्या हुआ सिया?"

सिया ने उस महान व्यक्ति की ओर घूर कर देखा जो उसके साथ बात करने का प्रयास कर रहे थे, तथा, स्वयं से ज़्यादा, उनके लिए दया का अनुभव किया। यह और कोई नहीं उसके वृद्ध माननीय वकील थे, जिन्होंने जल्दीबाजी में दूसरा जरूरी केस भी छोड़ दिया, केवल इस केस में उपस्थित होने के लिए। वह वापिस तो आ गए परंतु, अब देर हो चुकी थी।

सिया के पास शब्द नहीं थे परन्तु उसने यह बताने के लिए साहस जुटाया कि पिछले दस मिनटों में क्या हुआ।

"हां जी श्रीमान्, मैं आपकी अनिवार्यता समझ सकती हूँ। हमारा केस पुकारा गया परन्तु न्यायाधीश ने हमारे लिए अधिक इंतज़ार नहीं किया तथा किसी दूसरे दिन के लिए मामले को स्थगित कर दिया", सिया बस इतना ही कह सकी।

उसका वकील भी उसके समान निराश लगा तथा उसने अपने जूनियर को भी लताड़ा, जो उनके सामने केस कि सुनवाई का देरी से बताने के लिए बेचैन होकर खड़ा था।

सिया ने एक आखिरी बार अपने वकील की ओर देखा, उनका अभिवादन किया

तथा घर चली गई। ऐसा लगा कि *रेगुलर लिस्ट* का इंतजार अभी थोड़ा और चलेगा। *सिया को यह भी एहसास हुआ कि "रेगुलर लिस्ट" जैसे वाक्यांश को उसके शाब्दिक अर्थ से नहीं लेना चाहिए।*

इस घटना के बाद मानो सिया का सब्र का बांध टूट गया और उसने अगले हफ्ते से कोई बीमारी का बहाना बनाकर अपने कार्यालय जाना और कुछ समय बाद बीच में ही अपनी नौकरी को ही छोड़ दिया।

यदि कोर्ट प्रैक्टिस ऐसी होती है तो शायद वह इसके लिए नहीं बनी, सिया ने सोचा। स्वभाव से अशांत एवं कभी स्थिर न होने वाले उसके मन ने उसे यह भी विश्वास दिला दिया था कि वह 9–5 नौकरी के लिए भी नहीं बनी है। इसलिए उसने अब स्वयं ही आने वाले प्रत्येक अवसर को अनुभव कर परखने का निर्णय किया, वित्त व स्थायित्व के पहलुओं की परवाह किए बिना।

वह दृढ़ थी तथा इस बार उसे कोई रोक नहीं सकता था।

कुछ महीनों के बाद, उसी कोर्ट में एक दिन किसी दूसरे केस के लिए, वह अपनी पुरानी कम्पनी में एक सहकर्मी से मिली। यह जानकर अपनी खुशी रोक नहीं पाई कि उस न्यायाधीश का तबादला हो गया था एवं अब एक नया न्यायाधीश मुकद्दमों को सुनने में व्यस्त थे। उसने अनुमान लगाया कि उनका मामला अभी भी लंबित होगा। यह स्पष्ट था कि रेगुलर लिस्ट को पिछले कुछ महीनों से, एक भी दिन सुना नहीं गया था।

परन्तु, उसे आश्चर्यचकित करते हुए, उसके सहकर्मी ने उसे बताया कि अपनी नई पोस्टिंग जॉइन करने से पहले, इस कोर्ट के माननीय न्यायाधीश ने रेगुलर लिस्ट के कुछ मामलों की सुनवाई की तिथी तय की जिन्हें अंतिम बहस के स्तर पर सुना भी गया।

सौभाग्यवश सिया की पूर्व कंपनी वह मामला भी माननीय न्यायाधीश के द्वारा सुनवाई के लिए उस सूची में चुना गया था। उसे यह जानकर और भी प्रसन्नता हुई की उसी पुराने 75 वर्षीय वकील ने केस में बहस की, तथा इसका निर्णय कम्पनी के हक में हो गया था, जिसका वह किसी समय हिस्सा थी।

माननीय न्यायाधीश ने *आदेशात्मक रिट'* (आदेश) जारी करते हुए, सम्बन्धित सार्वजनिक क्षेत्र के उपक्रम को यह निर्देश दिया था कि यह उसकी पिछली कम्पनी के केस पर विचार करे, तथा कारणों सहित एक लिखित आदेश जारी करे।

आह!', सिया ने राहत कि सांस ली। आइटम न. 25 के लिए लम्बा कठिन इंतजार, अंततः समाप्त हो चुका था।

रेगुलर लिस्ट कभी–कभी अनियमित हो सकती है परन्तु देरी से ही सही, फिर भी अंत में, न्याय ज़रूर मिलता है।

****

"वकील"

"Lex Uno Ore Omnes Alloquitor"

'कानून सभी से, एक ही भाषा में बात करता है'

4. उन अंधेरे पर्दों के पीछे

12 सितंबर, 2013

बरकोस रैस्टौरेंट, कनॉट प्लेस

"सिया, आज मेरा जन्मदिन है। इस बार कोई बहाना नहीं चलेगा। तुम्हें मुझे उस व्यक्ति – वकील समीर सिंह के बारे में, सब कुछ बताना होगा।" सिया के सबसे अच्छे दोस्त, सिद्धार्थ ने, एक दिन, बर्कोस, कनॉट प्लेस में अपने जन्मदिन की लंच ट्रीट के दौरान पूछा।

सिया ने कुछ वर्ष पूर्व ही, सैंट्रल दिल्ली में स्थित एक मानवाधिकारों से सम्बन्धित गैर–लाभकारी संगठन (NGO) के साथ अपना संक्षिप्त कार्यकाल पूरा किया था। उस छोटे से अनुभव का सिया पर, बहुत गहरा प्रभाव पड़ा था। सिया के मित्र सिद्धार्थ ने, इतने साल केवल यही सुना था कि उसे एक अद्भुत वकील के साथ काम करने का अवसर मिला

जिनकी प्रशंसा एवं सराहना के लिए बातूनी सिया के पास शब्द नहीं होते थे।

उनके बारे में सोचकर ही, सिया एक अलग दुनिया में चली जाती थी और ज़्यादातर, उनके बारे में बात नहीं करती थी।

वह उस इंसान से कैसे और कहां मिली? वह कौन है? तथा उनमें ऐसा क्या खास था कि सिया इतने वर्ष बाद भी उनकी छवी से इतना प्रेरित थी। मुस्कुराते हुए, सिया ने याद कर, अंततः, उस व्यक्ति के बारे में बोलना शुरू किया।

पहली मुलाकात
6 जुलाई 2010

वर्ष 2010, जुलाई का महीना था। सिया लॉ–कालेज के अपने अंतिम (तीसरे) वर्ष में थी। तब तक वह, कैंपस से पूरी तरह उब चुकी थी, जहां पर हर दिन मानो एक जैसा था। उसने इसलिए स्वयं को अधिक से अधिक इंटर्नशिप व प्रशिक्षणों में व्यस्त कर लिया था। वह लॉ–फर्म, कोर्ट रूम ड्रामा, मुकद्मेबाजी में बहुत प्रयास कर चुकी थी व फिर भी, सिया उस जगह की तलाश कर रही थी जहां पर वह, अंततः, लंबे समय तक टिक सके।

अपने प्रश्नों के जवाब की तलाश में, उसने दिल्ली में स्थित एक मशहूर गैर–लाभकारी संगठन (NGO) में इंटर्नशिप के लिए आवेदन किया था, जो विभिन्न कानूनी, सामाजिक व मानवाधिकार से सम्बन्धित मुद्दों पर काम करती थी। सिया ने इस मौके को एक सही प्लेट–फार्म के रूप में पाया जहां पर वह, विभिन्न प्रकार के कानूनों से सम्बन्धित मामलों में, काम करने का अनुभव प्राप्त कर सकती थी।

जन साधारण, गरीब, वंचितों के लिए लड़ने तथा उनकी आवाज़ को ऊंचा उठाने के लिए वह वास्तव में एक बार चुने जाने के बाद वहां जाने को उत्सुक थी।

अपनी प्रशिक्षण के पहले ही दिन, सिया केन्द्रीय दिल्ली के मुख्य कार्यालय के बाहर सुबह ठीक 9:00 बजे पहुँच गई। हालांकि, वह बहुत अधिक पूछताछ व भटकने के बाद कार्यालय को ढूंढने में सफल रही थी। काफी समय व्यतीत करने के पश्चात, अंततः उसने महसूस किया कि उसे उसी स्थान पर वापिस भेजा जा रहा था जहां पर, उसने

अपना ऑटो, पहले ही रोका था।

जिस भवन की वह तलाश कर रही थी वह, ठीक उसके सामने ही था। चूंकि कार्यालय एवं उसका प्रवेश द्वार एक पतली सी गली में स्थित था व सामने एक छोटा सा ही बोर्ड लगाया गया था, इसलिए शायद कोई भी, पहली नज़र में, दफ्तर को पहचानने में असमर्थ रहता।

सिया कार्यालय की सीढ़ियां चढ़ी तथा प्रथम तल पर पहुँची। मानव संसाधन विभाग के एक अधिकारी के द्वारा उसका स्वागत किया गया तथा उसे तुरंत ही ,उसके वर्क–प्रोफाइल के बारे में बताया गया। उन्होंने बताया कि उसे एक विभाग आबंटित किया जा रहा था, जो अपाहिजों के अधिकारों के लिए कार्य करता था।

यह सुन, सिया को थोड़ी निराशा हुई क्योंकि उसे, जेल के अधिकारों या बाल अधिकारों से संबन्धित कार्य करने में रूचि थी क्योंकि इनके बारे में उसने उनकी वेबसाइट पर पहले ही जानकारी प्राप्त की थी। परन्तु, उसने जल्दी ही महसूस किया कि वह इस बारे में कुछ नहीं कह सकती थी। आखिर वहाँ पर, यह उसका पहला दिन ही तो था। *हताश, सिया चुप रही।*

इसके उपरांत सिया को उसके नए मैंटर, उसके वरिष्ठ का ब्रीफ दिया गया, जो अगले दो महीनों के लिए उसके गुरु बनने जा रहे थे।

जहां अभी सिया इस बात को स्वीकार कर ही रही थी कि अचानक, एक भारी भरकम बुकलेट उसको सौंप दी गई जिसमें, विकलांगों से संबन्धित जन अधिनियम *(पर्सन्स विद डिसेबिलिटी एक्ट)* तथा उससे जुड़े विभिन्न कोर्ट फैसलों का संकलन था।

यह बतलाते हुए सिया ने सिद्धार्थ के सामने स्वीकार किया कि हैरानी की बात यह थी कि तब तक उसने, ऐसे किसी अधिनियम के बारे में पहले कभी नहीं सुना था, जिससे उसे शर्म महसूस हुई।

अपने अध्ययन के विषय का हिस्सा होने की बात तो छोड़ो, उसने इसके बारे में कभी टेलीविज़न या समाचार पत्रों में भी नहीं सुना था। यह एक मृत अधिनियम के समान

था, मानो बिना दांतों के। वह यह भी सोच दुविधा में थी कि इस अधिनियम के बारे में आखिर कितने विकलांग जानते होंगे।

सिया के नए बॉस किसी मीटिंग के लिए कार्यालय से बाहर थे और जब तक वह वापिस आते, सिया कमरे के एक कोने में बैठे तथा ऊंघते हुए अनंत पृष्ठों को पलटने की कोशिश करती रही। अपने नए कार्यभार में पहले ही दिन के लिए, यह वास्तव में एक बड़ी भारी पुस्तक थी।

आज फिर, समय, मानो थम सा गया था।

वह दीवार की घड़ी की ओर देखते हुए घण्टों के बीतने का इंतजार कर रही थी जो कभी न समाप्त होने वाले लग रहे थे। सिया को एहसास हो रहा था कि यह एक बड़ा लम्बा दिन होगा।

उसने याद किया कि किस प्रकार सिद्धार्थ लंच–ब्रेक के दौरान उसके नए कार्यालय के निकट एक खाने की जगह पर उससे मिलने आया था, तथा कैसे, उसे थका एवं उदास देख उसकी स्थिति पर खूब हंसा था।

कहानी पर लौटते हुए, दिन लगभग समाप्त होने वाला था तथा शाम के चार बज चुके थे। अब तक सिया ने, अपने बॉस से मिलने कि उम्मीद छोड़ दी थी। वह किसी तरह, बस घर जाना चाहती थी। परंतु तभी अचानक सिया ने किसी के कदमों की तेज़ आवाज सुनी। एक युवा लड़का उसके पास आया, और सिया को बताया कि उसके वरिष्ठ कार्यालय लौट चुके थे, और सिया को उनसे मिलने के लिए बुला रहे थे।

यह नौजवान दिल्ली एन.सी.आर. के एक कालेज में कानून का छात्र था तथा एक कानून के प्रशिक्षु के रूप में, उनके अधीन अल्पकालीन कार्य कर रहा था।

राहत तथा साथ ही कुछ चिंतित महसूस करते हुए, सिया ने पुस्तकें उठाई तथा द्वितीय तल पर गई जहां पर, उसके मैंटर का कक्ष था।

जैसे ही, वह उनके सामने आई, सिया को लगा कि मानो कुछ अजीब, कुछ तो अटपटा सा है। जल्द ही, उसको इस असाधारण एहसास का सच पता लगने वाला था,

परंतु उस समय, वह पूरी तरह से उलझन में थी।

सिया ने सबसे पहले गौर किया कि उसके नए बॉस उसके अनुमान से कहीं अधिक युवा लग रहे थे, शायद तीस वर्ष से भी कम आयु के होंगे। गठन से सेहतमंद, गेंहुए रंग था, परन्तु खास बात यह थी कि *वह काफी गहरे काले रंग का चश्मा* पहने हुए थे। सिया को समझ नहीं आया कि वह इस रंग का चश्मा पहने हुए कार्यालय में क्यों बैठे हैं। उन्हें ऐसा देख, उसे अजीब लगा।

तभी सिया को सूझा कि शायद उन्हे कोई फ्लू ना हुआ हो। उसने याद किया कि क्या कार्यालय में इसके बारे में किसी ने सिया को बताया था कि उनकी तबीयत ठीक नहीं है, परन्तु उसे ऐसा कुछ याद ना आया। तब तक मानो उसकी मानसिक सूझबूझ कहीं खो गयी थी तथा वह, अपने पहले से अव्यवस्थित मन में सभी प्रकार के विचारों को सोच रही थी।

इससे पहले कि सिया हिम्मत कर स्वयं ही उनसे ये सवाल करती, सामने खड़े नवयुवक छात्र ने जो अगले शब्द कहे, उससे सिया की अंतरात्मा को ज़ोर का झटका लगा।

उसे बताया गया कि उसके वरिष्ठ, नए मैंटर, गुरु; जिनके साथ सिया अगले एक महीने के लिए जुड़ने जा रही थी, *वे पूर्ण रूप से नेत्रहीन थे।*

एक पल के लिए सिया को लगा कि उसने कुछ गलत सुना, या शायद वह कोई सपना देख रही थी। सिया एक सदमे की स्थिति में थी। अचानक, वह, एक खुले हवादार कमरे में जाकर सांस लेना चाहती थी।

वह इस प्रकार के अनुभव के लिए बिल्कुल तैयार नहीं थी।

उसके समक्ष एक अत्यंत स्मार्ट, सुन्दर, दुरुस्त व्यक्ति, एक वकील खड़ा था जो दुर्भाग्यवश, बचपन से ही दृष्टिहीन था। हैरानी की बात ये थी की, अपने असंख्य अनुभवों तथा अभी तक की मुलाकातों में, सिया ने कभी भी, इतना विश्वास से भरा हुआ, साहसी निधड़क वकील नहीं देखा था।

हमेशा की तरह, सिया के मन में हजारों प्रश्न उमड़ आए तथा उत्सुकतावश अपनी बातूनी जीभ पर नियंत्रण करना उसे अब और भी कठिन लग रहा था।

आखिर वह अविस्मरणीय क्षण आया जो सिया को, इतने वर्ष बाद भी अच्छी तरह से याद था। इसके बावजूद कि वह अब जानती थी कि वह देख नहीं सकते, फिर भी, उसने स्वयं को सच में और सचेत होते हुए पाया।

वह कैसी दिख रही थी, क्या वह सही वेशभूषा में थी?
क्या उसके बाल सही थे? क्या वे सीधी खड़ी थी? इत्यादि इत्यादि।

उन काले चश्मों से ढंकी हुई आंखों के साथ, केवल उनकी उपस्थिति का उस पर इतना शक्तिशाली प्रभाव पड़ा कि जैसे वह आँखें सिया से कह रहीं हों– **मैं तुम्हें देख सकता हूँ।**

इस भावना को समझना तथा जान पाना मुश्किल था, फिर भी वह उस क्षण इसका अनुभव कर रही थी। यह यकीनन अजीब था परन्तु फिर भी, उन गहरे रंग के परदों के पीछे कुछ अलौकिक था जिसके बारे में, केवल समय ही बता सकता था।

अब जब वह ठीक उनके सामने खड़ी थी, सिया ने सच में महसूस किया कि जैसे वह उसे देख सकते थे। वह उसकी हर हरकत, बोले जाने वाले हर शब्द का आंकलन कर रहे थे जैसे कि उनके पास कोई जादुई शक्ति थी जिससे वह इसका अनुमान लगा सकते थे। सिया का मन प्रश्नों से ओत–प्रोत था।

"आखिर, उन्होंने, यह सब कैसे किया?
वह वकील कैसे बने? वह इन अंतहीन कानून की पुस्तकों व केसों को कैसे पढ़ पाते थे ?
वह किस तरह न्यायालय जाकर न्यायाधीश के सामने बहस करते थे?"
सबसे महत्त्वपूर्ण, *वह किस प्रकार एक केस को पढ़कर अंतहीन अर्जियों व याचिकाओं के पृष्ठों को ड्राफ्ट करने में समर्थ होते, जो एक वकील की रोज़ी–रोटी थी?*

उसका मस्तिष्क ऐसे विचारों व दूसरे अन्य प्रश्नों से फटा जा रहा था। साथ ही,

उनके अधीन काम करने की भावना, उसे उत्तेजित करने की बजाए, अधिक चिंतित किए जा रही थी।

इसके पश्चात, उसके वरिष्ठ, समीर सिंह ने, अपना परिचय दिया। सिया को यह जानकर और भी हैरानी हुई कि वह *उसी लॉ–कालेज* के पूर्व छात्र थे जहां से सिया एल एल. बी. में स्नातक हुई थी। उन्होंने सिया को बताया कि उन्होंने दो वर्ष पहले ही अपनी डिग्री प्राप्त की थी।

सिया ने अनुमान लगाया कि वह, उम्र में उससे से ज्यादा बड़े नहीं थे। वह हाल ही में इस संगठन के साथ जुड़े थे तथा वकालत करना शुरू किया था। पहले किसी वरिष्ठ वकील के साथ कार्य करने के बाद उन्हें इस NGO में नौकरी मिल गई थी।

समीर ने सिया को बताया कि वह पूरी तरह से इस काम का आनंद ले रहे थे, मुख्यतः, अपाहिजों के लिए काम करके वह अत्यंत खुश थे क्योंकि, इस कार्य से उनका दिल जुड़ा था। साथ–साथ, वह कुछ दूसरे आपराधिक व सर्विस मामलों से सम्बन्धित मुकद्दमे भी लड़ रहे थे। वह संगठन उस समय एक बहुत ही महत्वपूर्ण मुद्दे के लिए सुर्खियों में था।

संगठन के प्रमुख ने भारत में कानों से अकर्ण *(डेफ)* अपाहिजों को अधिकार देने से सम्बन्धित, दिल्ली उच्च न्यायालय में एक रिट याचिका दायर कि थी तथा समीर सिंह भी इस सुनवाई में शामिल थे।

वह इस केस का एक अभिन्न अंग होने के नाते, बहुत उत्साह में दिखाई दिए। उन्होंने सिया को कहा कि कोर्ट कि अगली सुनवाई पर, वह उसको न्यायालय साथ ले जाना चाहेंगे। यद्यपि वेतन कम था क्योंकि यह एक गैर–लाभकारी संगठन था, फिर भी, सिया ने महसूस किया कि न सिर्फ समीर, अपितु वहाँ पर काम करने वाले अन्य वकील भी अपने काम के लिए समर्पित थे, तथा इनके लिए *पैसा,* अंतिम प्राथमिकता थी।

इसके बाद, सिया ने अपने बारे में बताना शुरू किया तथा अपनी पृष्ठभूमि के बारे में पूछे गए प्रश्नों का उत्तर दिया। उनके साथ सहज व मैत्रीपूर्ण होने के लिए सिया ने अतिरिक्त प्रयास किया। सिया को याद नहीं कि उसने क्या कहा था पर, उसके अगले कहे शब्दों से, उनके चेहरे पर मुस्कान आई जिसने एक बार फिर सिया को स्तब्ध कर दिया।

सिया ने उनकी ओर, गौर से, एक टक होकर देखा।

उसके वरिष्ठ की बहुत ही सुन्दर मुस्कान थी, जिसे देखकर सिया हैरान थी।

यह बिल्कुल उन टेलीविज़न विज्ञापनों के समान थी; एक ऐसी मुस्कुराहट जिसका प्रत्येक डैंटिस्ट श्रेय लेना चाहता था, जिसकी कामना सिया ही नहीं, हर कोई व्यक्ति करता था।

उनकी हंसी ने उनके चेहरे को छोटे से बच्चे के समान रौशन कर दिया तथा कोई भी समीर सिंह की मासूमियत, सरलता को महसूस कर सकता था। सिया उनके काले चश्में तथा इसके पीछे छिपी आंखों को डर एवं आश्चर्य के साथ देखने का प्रयास करती रही, परंतु उसे कुछ नहीं दिखा।

हालांकि इसकी अपेक्षा करना संभवतः गलत था फिर भी वह उन परदों को हटाना चाहती थीं, ताकि वह सीधे उनकी आंखों में देख पाती। वह और अधिक सवाल पूछना चाहती थी परन्तु, उसने स्वयं को रोका, क्योंकि यह आखिर उनकी पहली ही मुलाकात थी।

आगे उन्होंने सिया को बताया कि वह कम्प्यूटर पर भी काम करते हैं, जिसे सुनकर सिया को प्रसन्नता हुई। उन्होंने एक साफ्टवेयर इंस्टाल किया हुआ था जो प्रत्येक उस चीज़ को आवाज़ देता था, जिस पर वह इंटरनेट पर क्लिक करते तथा जो कुछ भी वह टाईप करते।

उनके सैल—फोन पर भी ऐसा ही साफ्टवेयर था जो संदेशों तथा फोन करने वालों का नाम बोलता था। समाज को टेक्नालजी से मिलने वाले लाभों का इससे अच्छा इस्तेमाल सिया ने नहीं देखा था, और उन्हे इतना आत्मनिर्भर देख, सिया को दिल से खुशी हुई।

सिया के मन में कुछ और भी चल रहा था। वह समझ गई थी कि वह कम्प्यूटर का इस्तेमाल करने में समर्थ थे तथा वह केस को ड्राफ्ट व संकलित इत्यादि करने में भी सक्षम थे। परन्तु एक केस फाईल बहुत बड़ी होती है, जिसमें अनगिनत पृष्ठ होते हैं। एक वकील के लिए न्यायालय में अपना केस प्रस्तुत करते समय केवल याचिका पढ़ना

पर्याप्त नहीं होता। उसके लिए सभी तथ्यों को दस्तावेजों सहित विस्तार से जानना अतियावश्यक है।

एक नेत्रहीन व्यक्ति के लिए यह हासिल करना लगभग असंभव था।

ऐसा लगा कि मानो उन्होंने सिया का मन व विचार पढ़ लिए हों। अचानक उन्होंने सिया को कुछ सफेद रंग के कागज़ दिखाए जो एक बड़े ढेर के समान थे। तब उन पृष्ठों को पहचान पाना मुश्किल था।
वे दस्तावेज़, वास्तव में, उनकी याचिकाओं की ब्रेल लिपि में अनुवादित प्रतियां थीं।

सिया को बताया गया कि इसके लिए कुछ संस्थान थे जो कुछ राशि के लिए यह काम करते थे। यह एक थकाने वाली प्रक्रिया थी परन्तु जिस सरलता से उसके मैंटर ने इस सब का वर्णन किया, सिया को ऐसे लगा कि वह सचमुच अपने पेशे के लिए समर्पित थे तथा अत्यंत मेहनत कर रहे थे।

पहले ही दिन में सिया को इतना कुछ अद्भुत पता लगेगा, उसने सोचा ना था। अभी सिया अब तक कि सुनी बातों को हज़म ही कर रही थी कि तभी ये बताकर उन्होंने सिया को और अचंभे में डाल दिया कि वह, कार्यालय से काफी दूर, गुड़गाँव–सोहना मार्ग के निकट रहते थे।

प्रतिदिन, न्यायालय या अपने कार्यालय के लिए दो बसें बदलकर यह सफर तय करते थे, जो एक तरफ ही तकरीबन दो घण्टों का समय लेता था। एक बार जब वह मुख्य मार्ग पर पहुँच जाते, तो वह फ्लाई–ओवर के निकट खड़े होकर तब तक इंतजार करते, जब तक कि उनका जूनियर, उन्हें लेने वहाँ नहीं पहुँचता। इसके बाद वे कार्यालय तक पहुँचने के लिए या तो पैदल या किसी साइकिल रिक्शा का उपयोग करते थे।

उनके शब्दों में, इस '*सामान्य दैनिक सफर*" के बाद, जो सिया को एक ***अग्नि परीक्षा*** के समान लगा, वह प्रतिदिन अपने दिन के काम उसी उत्साह के साथ शुरू करते थे। यह सब सुन, सिया ने अपने पेट में अजीब सा दर्द महसूस किया। शाम को कुछ खाने की उसकी इच्छा अब समाप्त हो गई थी तथा वह अपने हाथ में पकड़ी हुई चाय को खत्म करने में असमर्थ लग रही थी।

कितना साहसी इंसान है!!! एक ओर सिया, उस दिन गर्मी में सुबह अपने घर से कार्यालय तक के साधारण सफर के बारे में शिकायत कर रही थी, जो 20 मिनट से अधिक समय का नहीं था। या इस बात से दुखी थी कि उस दिन उसे अपने निकटतम मैट्रो स्टेशन तक पहुँचने के लिए, आटो वाले या रिक्शेवाले को ढूंढने के लिए कुछ कदम अधिक चलना पड़ा था।

इस व्यक्ति की तुलना में उसका प्रयास व संघर्ष क्या था, जिसे वह प्रतिदिन कर रहा था??

सिया को विश्वास नहीं हुआ कि वह प्रतिदिन इतने दूर के क्षेत्र से सफर करते थे जो उन्हें तुच्छ अपराधियों व कुछ अवांछित तत्वों का शिकार भी बना सकते थे, जो उनकी अक्षमता का फायदा लेने की कोशिश कर सकते थे।

परंतु सिया, यह पूछने में डर रही थी कि क्या उन्होंने भी कभी ऐसी परिस्थिति का सामना किया। फिर एक बार लगा कि उन्होंने सिया का मन पढ़ लिया हो। अगले ही पल उन्होंने सिया को बताया कि समय व अनुभव के साथ भगवान ने उन्हें बहुत ही अच्छा दिशा ज्ञान प्रदान किया है। *जिसे आम तौर पर, एक सिक्थ सैन्स या छठी इंद्री भी कहते हैं।*

उन्हे अपनी मंज़िल के निकट आने का एहसास हो जाता है तथा चूंकि यह दैनिक कार्य था, तब तक वह इसके अच्छी तरह से आदी हो चुके थे। सिया को इसका जरा भी आभास नहीं था कि वह आने वाले दिनों में उनकी छटी इन्द्री की पूरी ताकत देखेगी।

इस अद्वितीय वार्तालाप के बाद, उन्होंने काम से सम्बन्धित कुछ बात की और उसे स्पष्ट रूप से बताया कि सिया से उनकी क्या अपेक्षाएँ हैं। ऐसा प्रतीत हुआ कि सिया, अपने आने वाले समय में इस ट्रेनिंग में बहुत व्यस्त रहेगी। उन्होंने सिया से भी पूछा कि वह यहाँ किस मकसद से आयी है। सिया ने उन काले परदों की ओर फिर से देखा। उसे उनके साथ काम करने में एक अजीब सी ज़िम्मेदारी का एहसास हुआ।

सिया ने महसूस किया कि उसके अधीन काम करने में उसे स्वयं में बहुत सुधार करते हुए अपना सर्वश्रेष्ठ देना होगा। सिया जानती थी कि वह उसे नहीं देख सकते,

परन्तु वह फिर भी यह सोचती रही कि क्या उसके पास कार्यालय के लिए पर्याप्त औपचारिक कपड़े थे?

यह यकीनन विचित्र यादगार दो महीने साबित होंगे, सिया ने सोचा। उन्होंने अंततः दिन का काम समाप्त करने का निर्णय किया तथा वह शाम 6 बजे, कार्यालय से चली गई।

वापिस आते समय, रास्ते में, उसने फिर से एक ऑटो लिया तथा अपने साथ हुई हरेक घटना को याद करती रही। घर वापिस आते हुए रास्ते में तथा इसके बाद लम्बे समय तक उन दो घण्टों की यादें उसके मन में बस गई थीं। यह एक विचित्र घटना थी जो उसके अब तक के जीवन में पहली बार हुई थी। यह मात्र पहली मुलाकात थी पर, वह यह अनुमान लगा सकती थी कि इस व्यक्ति के पास, अवश्य ही छठी इन्द्री है जो उनके लिए कमाल का काम करती थी।

"वाह सिया, आगे क्या हुआ? वह एक रोचक व्यक्ति जान पड़ता है, मुझे यकीन है कि मुझे बताने के लिए तुम्हारे पास अवश्य ही कुछ अद्भुत कहानियां होगीं? वकील समीर सिंह के साथ पहली मुलाकात के बारे में सुनकर, सिद्धार्थ अब बहुत अधिक उत्सुक था।

सिया ने उसकी और देखा तथा फिर उस विचित्र महीने की ओर वापिस लौटी।

छठी इन्द्री
30 अगस्त 2010

यह सच था कि पिछले तकरीबन दो महीने सिया के लिए सबसे अधिक अविस्मरणीय थे तथा यह उसके जीवन का एक ज्ञानवर्धक व अनुभव से भरा समय था और हमेशा रहेगा। उसे कानून के एक नए अध्याय से अवगत करवाया गया जहां पर उसे देश में, अलग तरह से योग्य *(डिफ्रेंट्ली एब्ल्ड)* ना कि, शारीरिक रूप से अयोग्य व्यक्तियों के समक्ष जीवन के हर क्षेत्र में आने वाली समस्याओं के बारे में पता चला।

चाहे नौकरी हो, या कॉलेज में एड्मिशन, या सार्वजनिक स्थान पर उनके लिए

सुविधाएं, सिया पूर्ण रूप से इन व्यक्तियों के हक की लड़ाई में खुद को शामिल पाती थी। अपनी ट्रेनिंग के दौरान, वह अक्सर इन योग्य लोगों से मिली भी। जहां एक ओर कुछ बहुत खुश व संतुष्ट थे, वहीं दूसरी ओर ऐसे भी थे जो सरकार कि नीतियों, कानूनी नियमों तथा उनके साथ किए जा रहे भेदभाव तथा दुर्व्यवहार से क्रोधित व कुपित थे।

अपने वरिष्ठ के साथ न्यायालय जाने तथा उनके द्वारा लड़े जा रहे मुकद्मों के कार्य के अलावा, इस दौरान सिया ने *'पर्सन्स विद डिसेबिलिटी'* कानून पर उच्च न्यायालय व उच्चतम न्यायालय के विभिन्न निर्णयों को भी गंभीरता से पढ़ा। उसके एक महीने के इंटर्नशिप के एक हिस्से के रूप में, उसे लगभग 80–90 निर्णयों से भी अधिक का एक संग्रह तैयार करना था। यह एक ऐसा काम था जिसे वह बिना किसी राशी के कर रही थी फिर भी, किसी भी समय, सिया को ऐसा नहीं लगा कि उसे कुछ राशी अथवा' तनख्वा मिलनी चाहिए।

सिया ने अपने कार्यस्थल पर प्रत्येक दिन को एक नई उम्मीद के साथ देखा, जो कुछ नई गतिविधियों, नई घटनाओं तथा दिलचस्प मुकद्मों से भरा रहता था। सिया बचपन से ही प्रातः काल ही पढ़ाई करती थी और सिया की यह आदत, आगे जाकर भी नहीं छूटी। खाली कार्यालय में पहुँचने के लिए वह सुबह 8:30 बजे घर से निकल जाती, ताकि वह, एकांत में सुकून से काम कर सके तथा अपने काम पर, ध्यान लगा सके।

यद्यपि वहां पर कई घटनाएं हुई जिनके बारे में पुनः सोचा जा सकता था, परन्तु उस क्षण उसने एक खास अनुभव को याद किया जिसने वास्तव में उसे उस छठी इन्द्री का एहसास करवाया जिसका अनुभव उसने पहली ही मुलाकात में कर लिया था।

उस दौरान, सिया के संगठन ने अलग तरह से योग्य व्यक्तियों से सम्बन्धित कई और समान संगठनों के साथ मिल एक अनोखी दो–दिवसीय अखिल भारतीय सम्मेलन का आयोजन किया। सौभाग्यवश सिया को इसमें भाग लेने तथा इसमें उपस्थित रहने का अवसर मिला, जिसे पश्चिमी दिल्ली के एक संस्थान में आयोजित किया गया।

इस कार्यक्रम में पूरे भारत वर्ष से जाने–माने प्रमुख वक्ता, दिव्यांग समुदाय के प्रतिनिधि हिस्सा ले रहे थे। आयोजक होने के नाते, सिया और उसके साथियों को उनके भाषणों के नोट्स लिखने तथा और अन्य कार्यों को संभालने की ज़िम्मेदारी स्वयं निभानी थी।

समारोह में आने वाले अतिथिगण तथा श्रोताओं के लिए दोपहर के भोजन का साथ ही में एक भवन में प्रबंध किया गया था, जो मुख्यतः एक हॉस्टल था।

इतने समय बाद भी, सिया को वह पल अच्छी तरह याद था जैसे कल ही उसने इसे अनुभव किया हो। सिया तथा उसके वरिष्ठ, कार्यक्रम स्थल की जगह के बाहर सुबह 9:30 बजे पहुँच गए तथा सिया, उनके साथ, सम्मेलन हॉल के भवन तक गई।

परन्तु, जैसे ही उन्होंने प्रवेश किया, अचानक श्री समीर अंदर जाने में हिचकिचाए तथा अपने चेहरे पर, दुविधा के भाव के साथ रुके। सिया ने उनकी ओर देखा तथा पूछा की आखिर क्या बात थी। क्या वह कार्यालय में कुछ भूल आए थे। इस पर उन्होंने जवाब दिया :–

"सिया मुझे कुछ सही नहीं लग रहा। मेरा ऐसा अनुमान है कि यह सही स्थान नहीं है जहां हमें आना था।"

उनके इस कथन पर थोड़ा हैरान होकर, सिया ने चारों ओर रिसेप्शन क्षेत्र की ओर देखा। उसे ऐसा लगा कि सम्मेलन हॉल अंदर ही होगा। इसके अतिरिक्त, उसने बाहर संस्थान का बोर्ड भी देखा था। तब यह कैसे संभव था कि वह सही भवन को पहचानने में चूक कर गई हो। सिया ने तुरंत उन्हे बताया कि वह सही हाल में आए हैं परन्तु फिर भी, उनके अटल विश्वास ने, सिया को अपने फैसले पर संदेह करने को मजबूर किया।

इससे पहले कि वह कुछ और कह पाती, उसके वरिष्ठ ने इस बार अधिक आत्मविश्वास के साथ कहा;

"नहीं सिया, मुझे कुछ ठीक महसूस नहीं हो रहा है। उस स्थान की सुगंध इस प्रकार की नहीं थी। मुझे लगता है कि यह भवन हॉस्टल है, ना कि मुख्य संस्थान। ध्यान से देखो, दाईं ओर एक बोर्ड होगा जिस पर हॉस्टल लिखा होगा।", समीर सिंह ने अपने इन शब्दों से सिया को अचंभित किया।

चिंतित तथा गलत साबित होने के अजीब भय के साथ, सिया ने हिचकिचाते हुए अपनी दाईं ओर देखा। वहां पर वास्तव में वही बोर्ड था जिसपर मोटे अक्षरों में 'हास्टल'

(HOSTEL) लिखा हुआ था। पुनः रिसेप्शन पर बैठी महिला से पूछने पर, यह सच साबित हो गया था कि वे गलत भवन में थे।

पूर्ण रूप से आँखों से देख पाने के बावजूद सिया को हॉस्टल शब्द कहीं नजर नहीं आया था। इस बात ने सिया को चौंका दिया कि नेत्रहीन होने के बावजूद, उसके वरिष्ठ ने यह बात, केवल *'सुगंध'* के माध्यम से सिया को बताई और उसने खुद नहीं पहचाना कि वे गलत भवन में खड़े थे। असामान्य होने क साथ–साथ यह घटना वास्तव में ही अद्भुत थी। सिया इतनी हैरान थी कि वह इसे शब्दों में, व्यक्त नहीं कर पा रही थी।

अचानक अपने वरिष्ठ को उसके चेहरे की ओर मंद–मंद मुस्कुराते हुए देख, वह अपनी शर्मिंदगी से भरी अपनी हंसी को रोक नहीं पाई। उनके विश्वास को देख सिया स्तब्ध थी।

सिया ने सुना था कि जब एक व्यक्ति की एक इन्द्री थोड़ी कमज़ोर होती है तो दूसरी और भी ताकतवर एवं मजबूत बन जाती है, परन्तु यह उसका पहला अनुभव था। अपने चेहरों पर मुस्कान के साथ, सिया तथा उसके गुरु ने हॉस्टल भवन को छोड़ा तथा सटे हुए भवन में चले गए, जहां पर वास्तव में, उनका कार्यक्रम आयोजित किया जा रहा था।

सिया के लिए यह एक जादू से कम नहीं था......

'अद्भुत सिया! वास्तव में, यह तो चौंकाने वाली घटना थी!
तुमने आज तक किसी को भी इसका वर्णन क्यों नहीं किया? सिद्धार्थ ने अपने पसंदीदा वेज हाका नूडल्स व वेज मंचूरियन का स्वाद चखते हुए, सिया से पूछा।

सिया, जिसके मन में हजारों सवाल सदैव उत्पन्न होते रहते थे, अपने मित्र के उस प्रश्न का उत्तर नहीं जानती थी। शायद हर व्यक्ति के जीवन में कुछ ऐसे क्षण, अनुभव होते हैं जिन्हें वह किसी के साथ सांझा करने की आवश्यकता कभी महसूस नहीं करते।

यह भी, ऐसे ही कुछ अनुभवों में से एक था।

जब सिया ने अपनी कहानी समाप्त की, उसने एक बार फिर महसूस किया कि चाहे कितने भी वर्ष क्यों न बीत गए हों, सिया को इस बात पर बहुत गर्व है कि वह कभी इस व्यक्ति को जानती थी। वह सौभाग्यशाली थी कि उसे वकील समीर सिंह के साथ काम करने का अवसर मिला।

उनकी दुर्भाग्यपूर्ण नेत्रहीनता के बावजूद, उन दो महीनों में, वह स्वयं से अधिक उनके निर्णयों पर निर्भर करती थी। यह एक ऐसी भावना थी जिसका अनुभव आप इस जिंदगी में शायद ही किसी के साथ कर पाते हैं। हम में से ज़्यादातर लोगों को, भगवान ने सब कुछ दिया है फिर भी हम इसकी कद्र नहीं करते/आनंद नहीं उठाते। परन्तु समीर सिंह एक प्रतिभाशाली, सच में खास व एक अनोखे व्यक्ति थे, और हैं, ये सिया का अटूट विश्वास था।

उस संक्षिप्त, फिर भी महत्वपूर्ण अवधि में, सिया ने ये स्वयं देखा एवं अनुभव किया कि ऊपरवाले ने उसके मैंटर को, एक असाधारण इच्छा–शक्ति, दृढ़–निश्चय, साहस, एक अद्भुत, सदैव मुस्कुराने वाला स्वभाव तथा अपने जीवन में अपनी शक्तियों व कमज़ोरियों के साथ बहुत कुछ कर गुजरने की ललक प्रदान की थी। सिया ने इस बात में स्वयं को धन्य पाया कि उसे अपने जीवन काल में, इस अद्वितीय व्यक्ति के मार्गदर्शन में, कुछ समय व्यतीत करने का अवसर प्राप्त हुआ था।

वह एक असाधारण सोच व दृष्टिकोण वाले व्यक्ति थे।

(यह कहानी श्री पंकज सिन्हा, वकील, तथा प्रसिद्ध एनजीओ 'पेस' (PACE) के संस्थापक व मानवाधिकार कार्यकर्ता को समर्पित है, जिनके साथ काम करने का लेखिका को वास्तव में सौभाग्य प्राप्त हुआ तथा जिन्होंने इस किताब में लेखिका को उनके बारे में लिखने की अनुमति प्रदान की।)

****

"कारावास"

"Ut Poena Ad Paucos, Metus Ad Omnes, Perveniat"

'सज़ा चाहे कुछ अपराधियों को मिले, परन्तु इसके भय से सभी प्रभावित होने चाहिए'

भाग–1

5. जेल न. 5

'जेल' –यह शब्द, स्वयं किसी की रीढ़ में कपकपी तथा उसकें रोंगटे खड़े कर सकता है। जेल अथवा कारावास यकीनन ही एक ऐसा स्थान है, जहां जाने से, अधिकतर सामान्य व समझदार व्यक्ति डरते व घबराते हैं। हम सभी यह चाहते व आशा करते हैं कि ना तो हम, और न ही हमारे प्रियजनों को, सपने में भी जेल का सामना करना पड़े।

हमारे डर को बढ़ाने में कई सारी भारतीय व हॉलीवुड फिल्मों व टीवी–शो, जिसमें एक प्रसिद्ध अँग्रेजी धारावाहिक *'प्रिसन ब्रेक'* (Prison Break) शामिल है, जिसमें जेल के अंधेरे, रक्त रंजित, डरावने जीवन के साथ, वहां पर मिलने वाले शारीरिक व मानसिक उत्पीड़न को भी भली–भांति दर्शाया गया है जिसका सामना, दुर्भाग्यपूर्ण, हर कैदी को करना पड़ता है।

फिर भी, सिया की एक असामान्य एवं असाधारण इच्छा थी जिसके बारे में, उसने कभी भी किसी को आलोचना व मज़ाक बनने के भय से नहीं बताया था। यह एक अद्भुत चाहत थी, और वह थी, **एक जेल** का अनुभव करने कि इच्छा *(हालांकि, सही कारणों से)*।

उसने यह अवसर प्राप्त करने के लिए लम्बा इंतजार किया परन्तु किसी भी पूर्व संगठन ने, जिनमें उसने इंटर्नशिप की थी, सिया को किसी जेल में जाने तथा सज़ायाफ़्ता कैदियों से मिलने का अवसर प्रदान नहीं किया।

वास्तव में, अपने कालेज के दिनों से ही, **अपराध विज्ञान** *(क्रिमिनोलोजी)*, सिया के पसंदीदा विषयों में से एक था। अधिकतर लोगों ने तो इसके बारे में सुना भी नहीं था कि अपराध–विज्ञान आखिर क्या होता है? यह मूलतः एक अपराधी बनने के पीछे की मानसिक विचारधारा तथा इसके स्रोत का अध्ययन है। कैसे शारीरिक विशेषताएं कभी–कभी एक अपराधी को गैर–अपराधी से अलग कर सकती हैं। किस प्रकार सामाजिक, पारिवारिक व दूसरे पहलू एक व्यक्ति को ऐसे गैरकानूनी अपराध करने में भूमिका अदा करते हैं।

सज़ा से सम्बन्धित, विभिन्न सिद्धांत, क्यों व कैसे नाबालिक अपराध करते हैं, *मौत की सज़ा* **(कैपिटल पनिशमेंट)** के पीछे का इतिहास, इसके समर्थन व विरोध के केस, इत्यादि, *सूची अंतहीन थी*। यह सब तथा, और भी कई सारे समान प्रसंगों ने, सिया को इस विषय की ओर अधिक आकर्षित किया जो उसके लिए, प्रसिद्ध लेखक *जॉन ग्रिशम* के उपन्यास से भी अधिक रोचक थे।

सज़ा के उपरोक्त वर्णित सिद्धांतों के बारे में, सिया ने एक बार पढ़ा था कि, एक अपराधी को सज़ा देने के पीछे के कारण तथा उद्देश्य अनेक हो सकते हैं। यह 'निवारक प्रभाव' *(डेटरेंट इफैक्ट)* के लिए हो सकता है अर्थात, अपराधी को अधिक सख्त व कड़ी सजा समाज में, अपराध को दोबारा घटित होने से रोकेगी। यह मूलतः अपराधी तथा अन्य लोगों को भविष्य में ऐसा अपराध करने में निवारक के तौर पर कार्य करता है।

निवारक सिद्धांत हालांकि इस अवधारणा पर टिका हुआ है कि क्योंकि अपराधी दोषी करार किया गया, इसलिए, वह अपने गलत व गैरकानूनी कृत्यों के लिए सजा का भागी है।

दूसरी ओर, उपरोक्त सिद्धांत के बिल्कुल विपरीत है, एक अन्य 'सुधारवादी सिद्धांत' *(रेफोर्मेटिव थ्योरी)*, जो कि एक एक ***नवीनतम*** अवधारणा है। इस सिद्धांत के समर्थक यह विश्वास करते हैं कि सज़ा एक व्यापक सुधारवादी उद्देश्य के लिए हो सकती है — अपराधी को सुधारने तथा उसे समाज में वापिस लाने के लिए उसकी सोच में बदलाव लाना।

यह सिद्धांत इस अवधारणा पर टिका हुआ है कि कोई भी व्यक्ति, अपनी माँ के गर्भ से अपराधी पैदा नहीं होता है। समाज, हालात एवं अन्य बाहरी परिस्थितियाँ, उसे ऐसा करने पर विवश करती हैं। इसलिए हमारा यह कर्तव्य है कि उसे दण्डित न करें, अपितु, उसे एक बेहतर मानव बनाएं, जो एक सुंदर भविष्य के लिए जीना चाहता है।

और यहां, जेल अथवा कारावास, एक बहुत ही महत्वपूर्ण भूमिका अदा करता है।

हमारे देश में, दुर्भाग्यवश, ध्यान अभी भी निवारक प्रभाव की ओर बना हुआ है। इस ओर बहुत ही कम कदम उठाए गए जिनमें एक अपराधी को, एक सामान्य मानव के रुप में देखा जाए जो सबकी तरह, एक साधारण जीवन जीना चाहता है। मूलभूत सुविधाओं व स्वच्छ वातावरण के अभाव में, जेलों में प्रतिदिन खराब होती स्थिति, जो कैदियों की बीमारी में वृद्धि करती हैं तथा जिसके परिणामस्वरूप प्रायः मैडिकल लापरवाही से मौत भी हो जाती है; ये सब ही भारत के जेलों का हाल माना जाता है।

सिया ने जितना अधिक इस बारे में पढ़ा व सोचा, उतनी ही उसकी जेल को स्वयं देखने तथा इसकी अंधेरी व बुरी वास्तविकताओं को जानने की इच्छा एवं उत्सुक्तता बढ़ती गई।

वास्तव में वकालत करने से पहले ही, सिया को जेल देखने की गहरी इच्छा थी क्योंकि वह बचपन से ही जब भी पश्चिमी दिल्ली में निवास करते अपने रिश्तेदारों के घर जाती, वह ऐसी एक जेल के सामने से कई बार गुज़रती थी। रक्षाबंधन के दिन, दृश्य, खास देखने वाला होता था। वहां पर जेल के प्रवेश द्वार के बाहर सुबह सुबह ही बहुत लम्बी लाइन होती थी, जो एक मील से भी ज़्यादा दिखती थी।

जब भी कोई उस सड़क से गुज़रता, वह महिलाओं, नवयुवतियों व बच्चों को धूप व बारिश के बावजूद अपने भाईयों एवं पिताओं को मिलने की चाह से, चेहरे पर उमंग के भाव के साथ इंतजार करते हुए देख सकता था। सिया जब भी वहां से गुज़रती, वह अपनी गाड़ी की खिड़की से पीछे मुड़–मुड़ कर उन लोगों को तब तक देखती रहती, जब तक, वे उसकी आंखों से ओझल नहीं हो जाते।

इस कारणवश भी जेल जाने की अद्भुत इच्छा, उसके मन के भीतर जीवंत रही।

जेल के अंदर जीवन अपने आप में एक अलग, दुर्लभ, अद्वितीय संसार है। सिया ऐसा सोचती थी कि उसका जीवन तब तक अधूरा था, जब तक वह स्वयं किसी तरह एक बार जेल के अंदर का दृश्य देखने में सफल हो पाये।

सिया यह जानने तथा देखने के लिए बहुत ही उत्सुक थी कि *अपराधियों का ये घर, वास्तव में, कैसा होता है।*
जैसा फिल्मों में दिखाया जाता वैसा ही, या कुछ और?
कैदी वहाँ क्या खाना खाते, वे कैसे सोते, कैसे रहते, दिन भर क्या करते?
क्या वे वाकई में इतने खतरनाक थे जितना घिनौना उन्होंने अपराध किया था?

उन सैंकड़ों कैदियों का क्या जिनको गलत रूप से बिना किसी ठोस सबूत के गिरफ्तार कर सज़ा सुनाई जाती थी, उनके मस्तिष्क में क्या चलता था? क्या वे किसी प्रकार की कानूनी सहायता प्राप्त कर रहे थे?
इनके अलावा, अन्य कई प्रश्न, हर समय सिया के मन में उठते रहते थे।

लोग मशहूर हस्तियों से मिलना चाहते थे, परन्तु सिया सिर्फ किसी अपराधी से किसी प्रकार मिलना चाहती थी तथा इसकी सदैव कामना करती थी।

10 जुलाई 2012

उन दिनों सिया एक और एन. जी. ओ. के साथ कार्यरत थी और रोज कि तरह, एक रिट याचिका तैयार करने में व्यस्त थी।

तभी, जैसे भगवान ने उसकी प्रार्थना आखिर सुन ली, सिया को शायद उसके जीवन की अब तक की सबसे बड़ी खबर सुनाई गई। उस संगठन में काम कर रहे सिया के एक वरिष्ठ सहकर्मी ने उसे बताया कि, चूंकि वे वर्तमान में देश में जेलों तथा विचाराधीन *(अंडर ट्राइल)* कैदियों की दशा से सम्बन्धित एक परियोजना पर काम कर रहे थे, इसलिए, अगले दिन यानि की, 11.7.2012 को, उन्हे शहर की एक प्रसिद्ध जेल का दौरा करना होगा। जेल को स्वयं देखने के साथ–साथ, कुछ विचाराधीन कैदियों से मिलकर, उनसे रूबरू बातचीत भी करना उनके कार्य का हिस्सा था।

"ठीक है मैडम" सिया ने धीमे से जवाब दिया, और अपने हाथ में केस की फाइल को पढ़ने लगी जैसे कि, यह उसके लिए एक आम खबर थी।

परंतु वास्तव में केवल वही जानती थी कि उन शब्दों का उसके लिए क्या महत्व था। उस वक्त सिया उत्साह एवं खुशी से फूली नहीं समा रही थी, जिसका वर्णन शब्दों में ब्यान नहीं किया जा सकता।

क्या उसने सुध–बुध खो दी थी या क्या वह दिन में सपना देख रही थी? क्या उसने सही सुना? या उसके कानों के साथ कुछ समस्या थी? सिया वहां पर एक टक खड़ी रही।

सच तो यह था कि वह कार्यालय की छत पर जाकर जोर से चिल्लाना चाहती थी की आज उसका बरसों पुराना सपना सच होने जा रहा था।

सिया उस दिन आनंद में भरी हुई अपने घर गई तथा अपने परिवार व मित्रों को इसके बारे में एक बच्चे की तरह बताया, जिसे अपना पसंदीदा खिलौना मिल गया हो। रात के भोजन के वक्त जब सिया अपने माता–पिता को अगले दिन का कार्यक्रम बता रही थी, तो यह सुन पहले उन्हें थोड़ा असामान्य लगा।

जेल के नाम से ही, हर कोई आम तौर पर, सहम जाता है। परन्तु, वे अपनी बेटी का स्वभाव जानते थे। उन्हें इस बात का अनुमान था कि सिया, किसी भी हालत में, ये अवसर नहीं गंवाएगी। इसलिए उसके माता–पिता ने अपनी बेटी की खुशी देख, मन ही मन मुस्कुराते हुए 'आल द बेस्ट' कहकर, उसके उत्साह में शामिल होने का ही निश्चय किया।

11 जुलाई 2012

अंततः वह दिन आ गया। बरसात का मौसम था। बुधवार का दिन। जेल उनके कार्यालय से तकरीबन एक घण्टे के सफर की दूरी पर था क्योंकि, वह शहर के बाहरी हिस्से में स्थित था। उसकी संस्था से सिया को मिलकर कुल चार वकीलों का समूह था। उनके दौरे का समय दोपहर 3:00 बजे के करीब निर्धारित किया गया था।

इस तथ्य को मद्देनजर रखते हुए कि वे जेल में जा रहे हैं, सिया ने महसूस किया कि भारतीय वेशभूषा पहनना ही सही रहेगा। सिया ने इस महत्वपूर्ण अवसर के लिए, अपनी मां के द्वारा लायी गई एक सफेद व नीली सलवार–कमीज़ का चयन किया।

आखिरकार, वे जेल परिसर के बाहर पहुँच गए। उन्हें *जेल न. 5* के अंदर जाना था। पार्किंग से लगभग एक मील चलने के बाद, वहां घूम रहे एक गार्ड ने उन्हें बताया कि, सिया और उसके साथियों को पहले, प्रशासनिक विभाग में जाकर कुछ अधिकारियों से मिलना होगा जो इन वकीलों को सम्बन्धित जेल में ले जाएंगे।

उमस भरे मौसम में थके हुए परन्तु जोश से परिपूर्ण, उनकी टोली, वापिस दूसरे रास्ते पर मुड़ी तथा वे जेल प्रवेश द्वार के दूसरे कोने की ओर चलने लगी।

उस समय, सिया ने जाना की जेल वास्तव में कितना विशाल, विस्तृत क्षेत्र में फैला हुआ होता है। अंततः अगले 15–20 मिनट तक पैदल चलने के बाद, वे उस द्वार पर पहुँचे जहां से सिया सम्बन्धित ब्लॉक के ऊपर लगे हुए बड़े–बड़े बोर्ड देख सकती थी, जिनमें सभी जेल पर्यवेक्षकों व अन्य अधिकारियों के कार्यालय थे। वह अंदर गई तथा अंदर का दृश्य देखकर सन्न रह गई थी।

"बाप रे, इतनी हरियाली??! क्या शानदार गार्डन है!!। अपने सामने का नजारा देख सिया चौंक गई थी। 'अपने दोनों हाथ कमर पर रख, मुँह खोले, सिया खुद से यह पूछ रही थी कि वाकई क्या वह एक जेल परिसर में थी या उसने गलती से दिल्ली यूनिवरसिटि या जे. एन. यू (JNU) परिसर में प्रवेश कर लिया था।

यह जेल सच में सुंदर, अत्याधिक सुंदर था।

जहां तक सिया की नज़रें देख सकती थी, यह जेल आश्चर्यचकित रूप से स्वच्छ था। सड़क के दोनों ओर सुंदर विशाल पेड़ थे। बिल्डिंगों की बनावट आकर्षक थी और ये दूसरे सरकारी कार्यालयों की तरह बिल्कुल नहीं थी। इतनी स्वच्छ, सेहतमंद, प्रदूषण मुक्त वायु तो सिया को, अपने निवास स्थान पर भी प्राप्त नहीं होती थी। इतने सुंदर बगीचे तो सिया का सपना ही थे।

सिया के साथ वहां उपस्थित सभी वकीलों के लिए हर नज़ारा एक जादुई क्षण तथा आनंददायक दृश्य से कम नहीं था।

कुछ मिनट इंतजार करने के बाद, जिसकी सरकारी कार्यालयों में आम तौर पर अपेक्षा होती है, अंततः, वह अधिकारी अपने कक्ष से बाहर आया जिसका वे इंतजार कर रहे थे। वह अपने तीसरे दशक के मध्याहन में दिखता था तथा अपनी शानदार यूनिफार्म व इसको सजाने वाले बैज/चिन्ह के साथ आकर्षक लग रहा था।

उसने औपचारिकताओं को पूरा किया तथा ये बताया कि उस दिन जेल में एक कार्यक्रम भी आयोजित किया जा रहा था। इसके पश्चात अधिकारी ने, दो पुलिस कर्मियों को, सिया कि टीम के साथ जेल की जीप में जाने को कहा, जो कार्यालय के बाहर खड़ी थी।

एक छोटे से बच्चे की तरह, उत्साहित सिया ने फिर एक बार, जीप की खिड़की से बाहर देख, जेल में दूसरे कोने तक पहुँचने तक अंदर के पूरे नजारे का लूत्फ उठाया। उसे वही दिन याद आए जब वह अपने परिवार के साथ गाड़ी में कारावास के बाहर से गुजरा करती थी। फर्क यह था कि आज वह आखिर, एक जेल के भीतर थी।

शीघ्र ही दल अपनी निर्धारित मंजिल अर्थात उस जेल के बाहर आ पहुंचे जिसके बाहर, बोर्ड पर मोटे अक्षरों में लिखा हुआ था –

जेल न. 5

सिया व उसके सहकर्मी गाड़ी से उतरे। उन्हे ऐसा लगा कि मानो वे कोई महत्वपूर्ण व्यक्ति हैं जो किसी खास मकसद से आए हैं। उन्हें अपने बैग व सैल फोन

गाड़ी में ही रखने तथा केवल अपना पर्स, पहचान पत्र व केस फाइलों को साथ लेने के लिए कहा गया। ये कार्य करते समय, अचानक, सिया के मन में एक प्रश्न उठा जिसके बारे में उसे पहले से जानकारी होनी चाहिए थी, परन्तु, इस उथल—पुथल में, वह खयाल, पूरी तरह से उसके मस्तिष्क से निकल गया था।

'श्रीमान, क्या आप बता सकते हैं कि इस जेल में किस उम्र एवं प्रकार के अपराधी हैं?" उसने अपने साथ आए अधिकारी से साधारण ढंग से पूछा।

पुलिस वाले ने कुछ कारण से *(जिसे सिया ने उसकी बात पूरी होने के बाद समझा)* उन सभी तथा खासतौर पर, सिया की ओर देखा जो चार वकीलों के समूह में, केवल एक महिला थी और कहा;

'यह जेल सभी 18 से 21 वर्ष के बीच की आयु वर्ग के दोषी करार तथा अंडर—ट्रायल कैदियों का है।'

सिया समझ गई कि यह कहते हुए अधिकारी ने सिया की तरफ खासतौर पर क्यों देखा था। उन चार वकीलों में सिया ही केवल एक महिला थी। परंतु यह उसके लिया इतना परेशान करने वाला कारण नहीं था। सिया के बचपन से ही ज़्यादातर दोस्त लड़के थे व वह जानती थी कि वह पुरुषों की नजर को संभाल सकती है। यह सुन वह बिल्कुल नहीं घबराई।

एक नए दृढ़ निश्चय तथा उत्सुकता की भावना के साथ, उन्होंने प्रवेश द्वार की ओर चलना शुरू किया। एक बड़े भारी लोहे के दरवाजे में, बाईं ओर, एक छोटा सा गेट था, थोड़ा नीचे संभवतः जमीन को स्पर्श करता हुआ। यह ठीक वैसा ही था जैसा, आम तौर पर, फिल्मों में दिखाया जाता था। वहां पर निरंतर गतिविधि व चहल—पहल थी।

अनेक पुरुष, नागरिक वेशभूषा में तथा पुलिस कर्मी तेज़ी से अंदर—बाहर आ जा रहे थे। यहाँ पर यकीनन ऐसा लगा कि अंदर अवश्य ही कुछ बड़े पैमाने पर हो रहा था; शायद वही कार्यक्रम जिसके बारे में पहले बताया गया था, अंदर शुरू हो चुका था। उसका शोर, बाहर तक आ रहा था।

तब एक पुलिसवाले ने उन्हें बताया कि कैदियों के मनोरंजन के लिए, जेल न. 5 में एक हास्य प्रतियोगिता कार्यक्रम आयोजित किया गया था। यह सुन, वे सभी एकसाथ हंसने लगे। यह हर पल कुछ रोचक हो रहा था। अब तक यह मात्र एक जेल का दौरा था, तथा अब वे एक *'लाईव हास्य प्रतियोगिता'* कार्यक्रम के रूप में बोनस प्राप्त कर रहे थे!! गार्ड ने छोटा द्वार खोला तथा अंदर गया, जिसके पीछे सिया व उसका दल भी चला।

जेल में एक बार प्रवेश करने के बाद भी, सिया हैरान थी कि अभी तक वहाँ पर उसने ऐसा कुछ नहीं देखा था जिससे वह स्थान जेल दिखे। हालांकि वहां पर एक बड़े ताले के साथ एक और बड़ा लोहे का दरवाज़ा था, जो संभवतः, सिया और उसके साथियों के शरीर के भार से भी अधिक भारी प्रतीत हुआ।

अब वह दृश्य आने वाला था, जिसका सिया को इंतज़ार था।

अंततः सिया वहां थी, जहां जाने का वह सपना देखा करती थी। उसकी इच्छा थी कि काश वह उस दृश्य को कैमरे में कैद कर पाती। परंतु उसकी मन की आँखें ही शायद उस वक़्त काफी थी।

जैसे ही उन्होंने अंदर प्रवेश किया, मानो वह एक अलग ही दुनिया में आ चुके थे।

उसने कभी नहीं सोचा था कि वह जेल के बारे में ऐसा कहेगी, परन्तु जेल न. 5 के अंदर का पहला दृश्य शानदार था। यह विस्तृत, कई एकड़ में फैला हुआ, हरा–भरा इलाका। ऐसा लगा मानो जेल का नक्शा भी बुद्धिमानी के साथ सोचा व तैयार किया गया था।

भारत में जेल की स्थिति इतनी बुरी भी नहीं थी जैसे कि इनकी छवि अक्सर दिखाई जाती थी। वे जैसे ही आगे बढ़े, तब उन्होंने गौर किया कि उनकी दाई ओर से आवाजें आ रही थी तथा यह वही स्थान था जिसकी ओर अधिकतर लोग जा रहे थे।

इतने लोगों को देख सिया चकित रह गई। उसे ऐसा लगा जैसे कि वे किसी मेले में आ गए थे। हर तरफ पुलिस कर्मी, जेल अधिकारी तथा स्पष्ट रूप से यकीनन अनेक अपराधी मौजूद थे। सिया और उसके साथी मैदान में यूं ही टहलते रहे।

फिर वे, सफेद कपड़े पहने लोगों की भीड़ में जाकर खड़े हो गए। जैसे ही उन्होंने स्टेज पर हो रहे कार्यक्रम की तरफ कदम बढ़ाए जहां कलाकार तथा दर्शकों की भीड़ मौजूद थी, अचानक हूटिंग, सीटियों व तालियों की करतल ध्वनि सुन सिया चौंक गई।

किसी को भी यह समझने में मुश्किल नहीं हुई कि इस बार यह अभिवादन हास्य कलाकारों के लिए नहीं अपितु, वहाँ मौजूद इकलौती महिला 'सिया' के लिए था, जिसे उन्होंने अभी–अभी देखा था।

उस भरे मैदान में सिया अकेली युवती थी। यह मानो ऐसे था जैसे एक सूखाग्रस्त क्षेत्र में अंततः वर्षा आ गई हो! शायद उनके पास सिया जैसी नवयुवती, महिला या वकील कभी नहीं आती थी, वह भी, इतनी खुशी एवं उत्सुकता के साथ। उसके दल के सदस्य इस पर सिया का मज़ाक उड़ा रहे थे। सिया पहली बार थोड़ा सा शरमाई परंतु इससे, उसके साहस में कोई कमी नहीं आई।

इसके बाद वे स्टेज के निकट गए। इतनी गर्मी व उमस को देखते हुए, जेल के आयोजकों ने टैंट का प्रबंध किया था तथा कुर्सियों को स्टेज के किनारे रखा था। कार्यक्रम का आयोजन बहुत ही अच्छा व प्रभावशाली था। उन्हें स्टेज के दाईं ओर बिठाया गया तथा उनसे यह उम्मीद थी कि वे कार्यक्रम को अंत तक देखें। *बेशक उन्हें भी कोई आपत्ति नहीं थी।*

कुर्सी पर बैठने के बाद, सिया ने फिर राहत की सांस लिए, चारों ओर पुनः देखा। उसे विश्वास नहीं होरहा था कि वह वास्तव में कहां थी। वह आखिरकार जेल के अंदर बैठी थी, सौभाग्यवश एक अपराधी के रूप में नहीं, अपितु कैदियों से मिलने आई, एक वकील के तौर पर।

सिया ने कभी भी ऐसा सोचा न था। जेल के आँगन में बैठे चाय की चुसकियाँ लेते हुए, एक टेलीविज़न हास्य कलाकार को चुटकुले सुनाते हुए तथा कैदियों को उनपर हंसते हुए सिया आँखें खोल देख रही थी। उसे यह स्वीकार करने में बिल्कुल झिझक नहीं हो रही थी कि उसे वास्तव में अजीब, अप्रत्याशित परन्तु अच्छा व आनंदमय अनुभव हो रहे थे!

प्रसिद्ध सिख हास्य कलाकार के स्टेज से उतरने के बाद अब बारी उस दिन

के मुख्य अतिथि की थी, जो उस समय, देश की *अग्रणी स्टेज हास्य कलाकार तथा* टेलीविज़न जगत में उन चुनिन्दा महिला हास्य कलाकारों में से एक थी। वह आज एक जानी मानी कलाकार हैं ।

महिला होने के कारण, उनका स्वागत और भी अधिक जोश के साथ किया गया तथा कुछ कैदी बगीचे में उसे देखकर नाचने भी लगे। वह कैदियों में तुरंत मशहूर हो गई थी। उसने स्वयं पर, अपने शरीर के बनावट पर भी चुटकुले सुनाए। यह जानते हुए कि वह जेल में थी, उसने कुछ कैदियों को स्टेज पर भी बुलाया। ऐसा लगा कि कैदी अपनी रोजमर्रा की निराशाजनक जेल जिंदगी को कुछ पलों के लिए भूल गए थे।

इसके बाद उन्होंने कुछ कैदियों को बहुत शानदार तरीके से स्टेज पर अपनी कला का प्रदर्शन करते हुए देखा। किसी ने गाना गाया, उनमें से दो ने कलाबाज़ी दिखाई तथा कुछ दूसरों ने बालीवुड के गानों पर नृत्य किया।

यह व्यक्ति सच में गुणवान थे, सिया ने सोचा।

काफी समय बीत चुका था। अब उन्हें वह करना था जिस मकसद से वह इतनी दूर जेल के परिसर में आए थे। वे चार वकील, पुलिस कर्मियों के साथ अंततः जेल न. 5 का दौरा करने के लिए इसके अंदर गए।

चूंकि वे पहली बार आए थे, उनके संगठन ने जेल अधिकारियों से अनुरोध कर कैदियों से मुलाकात करने से पूर्व, उनके लिए, जेल परिसर में एक विशेष दौरे का प्रबंध किया था।

उन्हें एक छोटे से खुले आँगन की ओर ले जया गया जिसके चारों ओर कारावास दिखाई दे रहे थे। इसके पश्चात, वे बाईं ओर एक बड़े कमरे में गए जिसमें, लगभग, 30–35 अंडर ट्रायल कैदी थे। उन्हें ये बताया गया कि ये सभी फर्श पर चादर या गद्दे बिछा कर सोते थे। वहां पर पहले से ही चादरें जमीन पर बिछी हुई थीं। कमरे में 3–4 पंखे थे, जो ठीक ठाक चल रहे थे।

सिया ने एक छोटा अस्थाई मन्दिर भी देखा जिसे एक कोने में दीवार के बीच में

बनाया गया था, तथा उसमें कुछ मूर्तियां रखी हुई थीं। उसने दीवारों पर चिपकाए हुए बालीवुड कलाकारों व अभिनेत्रियों के पोस्टर भी देखे, जो उसी तरह के थे जैसे, फिल्मों में अक्सर दिखाए जाते थे। बाईं ओर, अंत में, एक छोटा सा बाथरूम था। उसे देखने के लिए सिया उत्सुकतावश वहां गई व अंदर झाँका। वहां पर, उन सभी कैदियों के लिए वह एक सांझा बाथरूम था जो की साफ दिख रहा था।

जेल का कारावास वास्तव में अंधकारमय व डरावना था। कैदियों में से एक विचाराधीन/अंडर ट्रायल कैदी उसके साथ खड़ा था। हिम्मत कर सिया ने उससे कुछ सवाल भी किए।

वे यहां कैसे रहते थे? क्या उनका जीवन आसान था?
क्या सुविधाएं ठीक थीं?

ये सुन वह बहुत संतुष्ट प्रतीत हुआ। उसने सिया को बताया कि वहां पर कैदियों की दिन में तीन बार गिनती होती थी। सुबह जैसे ही वे उठते, दोपहर में भोजन के बाद तथा एक बार रात में। उसने यह भी बताया कि वे सभी इस बड़े कमरे में एक खुश परिवार की तरह, शांति व भाईचारे के साथ रहते थे *(केवल कुछ परेशान करने वाले तत्वों को छोड़कर)।*

उसने आगे बताया कि भोजन ठीक व खाने लायक था तथा वे स्वयं ही अधिकतर खाना पकाते थे। सिया ने उससे उनकी शिक्षा के बारे में पूछा। इस पर, कैदी ने बताया कि कुछ अध्यापक (शायद शिक्षा प्रसार अभियान से) सुबह उन्हें हिन्दी व अंग्रेजी पढ़ाने के लिए आते परन्तु अधिकतर कैदी उनकी परवाह नहीं करते थे। लेकिन अब धीरे–धीरे, कैदियों की रुचि में वृद्धि हो रही थी।

सिया को बताया गया की इस जेल में पहले से ही कुछ पढ़े–लिखे युवक भी मौजूद थे तथा जेल के अंदर ही एक कम्प्यूटर सैंटर भी था जिसे उन्हें बाद में दिखाया जाना था। उस कैदी ने बताया कि सबको व्यस्त रखने तथा उनकी क्षमताओं को बढ़ाने के लिए, जेल ने कई सारी अतिरिक्त गतिविधियों पर ध्यान देना शुरू किया था।

जेल के भीतर, शुरुआती स्तर का एक प्लेसमैंट सैंटर भी बना था। उस कैदी ने,

इन सभी कारणों से, जेल की बहुत प्रशंसा की।

सुधारात्मक सजा के बारे में सोचते हुए, सिया ने महसूस किया कि यह जेल उस दिशा में यकीनन कदम उठा रहा था।

तब तक सिया इस कैदी के साथ सहज हो चुकी थी।

सिया के लिए यह अजीब था कि उसके साथ का व्यक्ति एक विचाराधीन कैदी था। विश्व के इस कोने में एक अपराधी, एक ऐसा व्यक्ति था, जिसके बारे में, सिया को कोई अनुमान नहीं था कि इसने क्या अपराध किया था। फिर भी उस वक़्त, यह किसी भी तरह से यह ज्यादा महत्वपूर्ण नहीं था। उस समय वह एक सामान्य व्यक्ति लग रहा था तथा संभावित 'डर' की भावना, इस जेल वास्तव के अनुभव में मौजूद नहीं थी।

वे कमरे से बाहर आए। सिया ने एक बार फिर, चारों ओर देखा, हर चीज़ व प्रत्येक पहलू का अच्छी तरह जायज़ा लेने के लिए। वह नहीं जानती थी कि वह कभी दोबारा यहाँ आ पाएगी या नहीं *(यकीनन गलत वजह से तो बिल्कुल नहीं)।* परन्तु इसके बावजूद, तब वह उस स्थान की एक पूरी मानसिक तस्वीर, अपने मन में ही खींच लेना चाहती थी।

इसके पश्चात, उन्होंने, जेल का एक रोचक हिस्सा पार किया, एक ऐसा स्थान जहां पर कुछ सजायाफ्ता कैदी *(अर्थात कनविक्ट— जिनको सज़ा सुनाई जा चुकी थी)* को रखा जाता था।

उन्हें एकांत में रखा गया था तथा तहां पर कोई सांझा कमरा नहीं था। इसके अतिरिक्त, वहां पर **'एकांत कारावास'** *(सोलिटरी कारावास)* की अवधारणा भी थी, जिसके बारे में प्रायः हर किसी ने सुना था, परन्तु सिया ने, इसे वास्तव में देखा।

जेल अधिकारी ने बताया कि जब भी कोई कैदी गंभीर लड़ाई–झगड़े में शामिल होता था, तो उस कैदी को सज़ा स्वरूप, इन एकांत कारावास कमरों में भेज दिया जाता था।

जिस समय वे चारों वहां पर खड़े थे, सिया की थोड़ा आगे जाने तथा उनमें से

किसी एक कैदी को देखने की इच्छा हुई। क्या वाकई, वहां अंदर कोई था? पुलिसकर्मी ने पहले बताया था कि वहां पर 1–2 सज़ायाफ़्ता अपराधी उपस्थित थे जो शायद उस वक़्त सो रहे थे। जब सिया आगे जाने लगी, तो उसे सावधान व सतर्क रहने के लिए कहा गया। थोड़ा आगे पहुँचने पर उसने अधिकारी को कहते सुना :–

'मैडम, उस कमरे में ध्यान से देखो, वह आदमी ग्रिल के सहारे खड़ा है। उसके दाहिने हाथ में एक छोटा सा आईना है। वह इसका इस्तेमाल सतर्क रहने के लिए करता है जिससे की उसे, किसी के निकट आने का, आभास हो जाए।

जब सिया उसके सैल के निकट गई, वह सच में उसके दाहिने हाथ में एक छोटा सा आईना देख सकती थी। पहली बार, सिया ने वास्तविक अपराधी की आंखों में *(शायद निडर होकर)* देखा था। उसकी छवि भयभीत करने वाली थी। वह पथरीले चेहरे व मजबूत शारीरिक बनावट का दिखाई दिया। वह किसी भी प्रकार से दूसरे विचाराधीन कैदियों की तरह नहीं था, जिनसे सिया अब तक मिली थी।

उसके चेहरे पर अजीब सा भाव था, जैसे कि वह सिया को, गुस्से व व्यग्रता के साथ घूर रहा हो। सिया ने उसे कुछ देर के लिए देखा तथा इसके बाद उसने घबरा कर, अपनी आँख नीचे कर ली।

सिया नहीं जानती थी कि किस अपराध के लिए उसे सज़ा दी गई थी, परन्तु उसके चेहरे के भाव को देखकर, उसे यह जानकर बिलकुल भी हैरानी नहीं होती यदि उसका अपराध हत्या भी होता।

सिया ने पहली बार इस कारावास में भय को महसूस किया।

अचानक, चारों साथी, एक ही स्वर में साथ मिलकर बोले;

'श्रीमान् बहुत हो चुका, अब हम यहाँ से बाहर जाना चाहेंगे। हमें रसोईघर ले चलें।"

कुछ सहमी हुई सिया, जितनी तेज़ी से इस सेल (कक्ष) के अंदर आयी थी, उससे

ज़्यादा फुर्ती से वह बाहर निकली। खाने की अत्यंत शौकीन सिया, आखिर अब जेल के सबसे पसंदीदा भाग में प्रवेश करने जा रही थी।

जेल का रसोई घरः फिर से, यह भी एक विशाल कमरा था। किसी होटल के रसोई कक्ष की तरह, यहाँ भी, काफी शोर एवं हलचल थी। यह किसी बड़े सुंदर रेस्तरां की रसोई की तुलना में भी काफी फैला हुआ था, क्योंकि इसमें सैकड़ों कैदियों का भोजन जो तैयार किया जाता था।

मसालों की खुशबू ने, उनकी भूख को फिर से जगा दिया था। वहां पर एप्रन पहने लगभग 30–40 कैदी थे, जो रात का खाना पकाने के लिए उमस व गर्म वातावरण में, कठिन परिश्रम कर रहे थे। कुछ पसीने से तरबतर थे, परन्तु, अपने–अपने काम में कुशल कारीगर की तरह मग्न थे।

जिस आसानी व सटिकता के साथ वे नवयुवक कैदी, तंदूरी चपाती बना रहे थे, सिया ने अपनी ओर हीन भावना से देखा। वह खुद भी काफी प्रयास के बावजूद, ऐसी गोल आकार व फूली रोटी नहीं बना पाती थी। वहां पर बहुत अधिक बड़ी–बड़ी तशतरियां व कढाईयां भी थीं जो दाल व मिक्स्ड हरी सब्ज़ियों और अन्य पकवानों से भरे हुए थे।

सिया को हैरानी हुई कि किस प्रकार, कैदी इसे प्रतिदिन खा पा रहे थे।

भोजन निस्संदेह मुंह में पानी लाने वाला या होंठों को आकर्षित करने वाला तो नहीं दिख रहा था, *परंतु उम्मीद से कहीं बेहतर था।* जो तस्वीर उन्होंने अपने मस्तिष्क में बनाई थी या जैसा आम तौर पर दर्शाया जाता था, उसकी तुलना में, यह भोजन, बहुत ही अलग था। यह वास्तव में वैसा नहीं था जिसकी उन्हें अपेक्षा थी।

सिया पहले ही रोटियों को देखकर चकित थी, ये कैदी तो पेशेवर रसोइयों को भी इस क्षेत्र में, कठिन मुकाबला दे सकते थे। उसने महसूस किया कि जिस मेहनत और प्रयास से वे भोजन पका रहे थे, भोजन का स्वाद बुरा हो ही नहीं सकता था।

यहां तक कि उम्मीद से विपरीत, रसोई पूरी तरह से स्वच्छ व सुव्यवस्थित थी। ज़िमनियां, लम्बी तथा साफ–सुथरी थी। उनको और आश्चर्यचकित करते हुए, उस दिन आयोजित कार्यक्रम के हिस्से के रूप में, एक खास सत्कार भी शामिल था।

सभी कैदियों के साथ–साथ, उनके लिए भी जलेबी व पकौड़े बनाए जा रहे थे। सिया मन ही मन, जेल के खाने का अपने जीवन में पहली बार आस्वादन करने के लिए, उम्मीद लगाए हुए थी।

काफी देर तक सिया एवं उसके साथी रसोई में घूमते रहे। रसोई में कैदियों की नजरें एक नवयुवती को घूरती रहीं जो उनके काम में दखल दे रही थी। सिया को एहसास हुआ कि अब जाने तथा अंततः वह करने का समय आ गया था जिसकी प्रतीक्षा वे लम्बे समय से कर रहे थे।

यह समय, अपने दौरे के अंतिम आधिकारिक उद्देश्य के कार्य पर अमल करने का था – *विचाराधीन कैदियों से मिलना तथा उनके साथ सीधी बात करना।*

इससे पहले हुई घटनाओं ने सिया के मन में उन्हें और अधिक जानने की उत्सुकता जगा दी थी। उनसे सीधी बात करने के लिए सिया बेकरार थी।

यह वार्तालाप मानो एक फेस ऑफ के समान था परंतु एक आपराधिक किस्म का।

****

(आगे भाग 2 में जारी)......

"अपराधी"

"Crimen Tahit Personam"

'अपराध व्यक्ति को भी साथ खींचता है।'

भाग—2

6. कैदी न. 90

शाग के 5 बज चुके थे। सिया एतं उसके साथियों के पास, कैदियों के साथ बिताने के लिए अब केवल एक घण्टा बाकी रह गया था। उन्हें केवल शाम 6 बजे तक मिलने की अनुमति थी अथवा उन्हें किसी दूसरे दिन आने के लिए पुनः आग्रह करना पड़ता। उनके सैल फोन गाड़ी में थे व सिया को चिन्ता हो रही थी कि पिछले 2–3 घण्टों के दौरान, उसके घर से ना जाने, कितनी कॉल आई होंगी।

परन्तु उसके लिए फिलहाल, कम से कम कुछ विचाराधीन कैदियों से रूबरू हो बात कर, उनकी कहानियों को जानना तथा उसको दिए गए फार्म को भरना अनिवार्य था। तभी, उनका उस दिन का दौरा सफल माना जाता।

आखिर, सिया और उसके सहकर्मियों को जेल परिसर के बीच स्थित कम्पयूटर

कक्ष में ले जाया गया। यह विभाग, उस जेल में ही एक अलग ब्लॉक में, छोटे से बगीचे से गुज़रता हुआ, एक सफेद रंग का बड़ा कमरा सा था। यह स्थान, जेल के मुख्य द्वार के काफी निकट था।

अब तक तकरीबन सारे अंडर ट्रायल / विचाराधीन कैदी, स्टेज के पास लगे टेंट से वापिस आ चुके थे क्योंकि कार्यक्रम अब, समाप्त हो चुका था। सिया ने उन युवा पुरुषों को सफेद रंग के कपड़ों तथा कई कैदियों को साधारण कपड़ों में देखा। उनमें से कुछ सिख, कुछ मज़बूत कद–काठी वाले हट्टेकट्टे नौजवान थे। सिया को यह भी बताया गया कि कई युवक स्नातक कालेज के भी छात्र थे और किसी कारण वर्ष, इस कारावास में कैद थे। वह अनोखा नज़ारा सिया को भली भांति याद रहा।

विविध परिस्थितियों व समाज के कोने–कोने से आए लोगों का यह अद्भुत एवं असामान्य इक्कठ था।

सिया ने एक बार फिर कम्प्यूटर कक्ष के चारों ओर देखा। वहां पर एक खास कैदी था जो उस कम्प्यूटर विभाग का प्रमुख था। उसने सिया एवं उसकी टीम को कक्ष में उपलब्ध लगभग सभी सुविधाओं के बारे में बताया। सिया को यह जानकर खुशी हुई कि जिन सभी कैदियों ने कम्प्यूटर कक्षा में दाखिला लिया था, सप्ताह में 3–4 बार उन्हें कम्प्यूटर संचालन की प्रक्रिया तथा मौलिक बिंदुओं के बारे में सिखाया जाता। कई दफ़ा, कोई साथी कैदी या अक्सर किसी बाहरी अध्यापक के द्वारा उन्हे कम्प्यूटर की जानकारी दी जाती।

कभी–कभी उन्हें इंटरनेट ब्राउजिंग की भी अनुमति दी जाती थी। इस विषय में विभाग के प्रमुख ने उनको थोड़ी और जानकारी दी। इस दौरान, सिया यह सब उसी प्रकार ध्यानपूर्वक सुनती रही जैसे कि वह अपनी कक्षा में थी और जैसे कोई युवा प्रोफेसर उसे पढ़ा रहा था।

जितना अधिक सिया उस कैदी को बोलते देखती, उतना ही उसका मन चंचल हो उठता।

आखिर इस कैदी ने ऐसा कौन सा अपराध किया कि वह दुर्भाग्यवश इस जेल में पहुँच गया? सिया खुद से पूछती।

वह यकीनन काफी पढ़ा लिखा लग रहा था। स्पष्ट हिन्दी बोलने के साथ साथ वह बीच-बीच में कुछ अंग्रेजी के शब्द भी फुर्ती से इस्तेमाल कर रहा था। उसका सुन्दर व्यक्तित्व था तथा वह एक अच्छे आयोजक के साथ-साथ एक नेता जैसा प्रतीत होता था। जितनी बार वह किसी बात पर मुस्कुराता, उसका चेहरा मानो चमक उठता। वकीलों के समूह में इकलौता वक्ता होने की खुशी के जोश में, मानो वह गर्व महसूस कर रहा था।

इसके साथ-साथ, सिया को वह कैदी थोड़ा नटखट भी लगा क्योंकि उसकी मुस्कान हमेशा उसकी आंखों तक पहुंचती थी। इस कैदी की एक मज़ाकिया, शरारती अभिव्यक्ति का सिया को आभास हुआ।

अचानक उस मुस्कुराहट ने सिया को, अपने नेत्रहीन वकील श्री समीर सिंह की एक पल के लिए याद दिलाई, जिनको वह कभी भुला ना पाई थी।

एक बार फिर, सिया के मन में अनेक सवालों का सैलाव उमड़ रहा था। अंततः, सिया तथा उसका एक सहकर्मी ने, जिसके मस्तिष्क में भी संभवतः वही प्रश्न था, विभाग के प्रमुख उस कैदी से पूछा कि आखिर वह, इस जेल में किस अपराध के कारण आया?

उसके द्वारा बोले गए अगले शब्दों को सुनकर सिया की जैसे रूह काँप उठी। उस कैदी ने ठीक उसी लय व रूखे पन से उनके प्रश्न का जवाब दिया, जिस तरह वह इतनी देर से साहस के साथ सबके सामने बोल रहा था। बिना एक मिनट रुके, बिना पलक झपकाए, उसने सिया की आँखों में देखा और सीधे व स्पष्ट शब्दों में बताया।

वह जेल में था क्योंकि उस पर, एक लड़की का बलात्कार करने का आरोप था। यह कहते वक़्त उसकी आँखें सिया को निरंतर देख रही थीं।

उसने जो कुछ कहा, उस बात को समझने के प्रयास में वे सभी कुछ क्षणों के लिए चुप हो गए। सिया के आगे पूछने पर उसने उन्हें बताया कि वह लड़की उसकी प्रेमिका थी व उसके ब्यान के अनुसार, लड़की के परिवार ने उसे बलात्कार के मामले में गलत फंसाया था। शायद, यह कहानी.एकतरफा थी।

उसका कथन झूठा था या सच्चा, यह कोई नहीं जानता था। उसकी बोली से

कोई कुछ भी अनुमान नहीं लगा पाया।

सिया यह विश्वास करना चाहती थी कि वह सच बोल रहा था। सिया ने सोचा कि चाहे जो भी हो, वह यकीनन एक सहज वक्ता था। उसने आगे बताया कि वह जेल में कुछ महीनों से था। हालांकि एक वकील ने उसका केस स्वीकार किया था, फिर भी उसने वहां पर अपने जीवन को आसानी से स्वीकार कर लिया था।

वह जेल न. 5 की छोटी सी दुनिया में खुश एवं संतुष्ट था।

ये सुन, सिया और उसके साथियों के पास आगे कहने को कुछ नहीं रह गया था। कोई भी प्रतिक्रिया ना जाहिर करते हुए, वे कम्प्यूटर कक्ष के अंदर चले गए। कक्ष के भीतर व बाहर तकरीबन 30–40 कैदी खड़े थे और इन 4 मेहमानों को देखने के लिए उत्सुक थे।

संगठन के आदेश के अनुसार, सिया समेत प्रत्येक वकील को तकरीबन 8–9 विचाराधीन कैदियों के साथ रूबरू होकर वार्तालाप करने का कार्य सौंपा गया था। परंतु, अधिक समय ना होने के कारण, सबसे बातचीत करना अब संभव ना था।

सौभाग्य से, सिया को एक कैदी न. 90 से सीधी बात करने का मौका मिला।

सिया उस कैदी की कहानी व उसका चेहरा कभी नहीं भूल पाई।

कैदी न. 90

चूंकि कैदी का नाम जानने की मंज़ूरी नहीं थी, इसलिए सिया से उसका परिचय कैदी न. 90 के नाम से कराया गया। यही नाम, उसने अपने हाथ में पकड़े फॉर्म के ऊपर लिखा। वह अवश्य ही, 26 से 30 वर्ष की आयु के बीच का रहा होगा।

सिया ने गौर से अपने सामने बैठे कैदी को देखा। औसत शरीर, छोटा कद, रूखे–उलझे हुए बालों के साथ, माथे पर लकीरों से भरा वह कैदी सिया को देख रहा था। उसने सफेद रंग की कमीज़ के साथ गहरे रंग का चेकदार पैंट पहनी हुई थी।

उसकी कमीज़ ढीली व आधी सिकुड़ी हुई थी। बिना किसी वजह, उसके चेहरे पर हर समय एक हल्की सी मुस्कान थी।

वह सिया के सामने दूसरी टेबल पर बैठा था। सिया, एक हाथ में फार्म तथा दूसरे हाथ में पैन लिए, एक कुर्सी पर बैठी हुई थी, *इस बात से अनभिज्ञ यह किस तरह का अद्भुत साक्षात्कार होने जा रहा था।*

शुरूआत में सिया थोड़ा शर्मा रही थी। स्वभाव से बातुनी सिया, जो शायद ही कहीं किसी परिस्थिति में संकोच करती थी, इस बार शब्दों की कमी महसूस कर रही थी। लम्बे समय तक वह हिचकिचाती तथा व्याकुल रही, नहीं जानती थी कि कैसे शुरूआत करे।

क्या कहे? क्या पूछे? एक पल तो सिया को *'ब्लाईंड डेट'* की स्थिति जैसा महसूस हुआ और वह मन ही मन मुस्कुराई। कैदी को देखकर ऐसा लगा कि वह कुछ कहना चाहता था परन्तु शायद, अपने सामने बैठी लड़की की ओर से पहल व ग्रीन सिग्नल का इंतजार कर रहा था।

सिया ने अंततः कुछ साहस जुटाया तथा वार्तालाप की शुरूआत की। सिया ने अपने बारे में बताते हुए उससे कहा कि वह उसकी सच्ची कहानी जानना चाहती थी। वह उससे सुनना चाहती थी कि, आखिर ऐसा क्या हुआ था कि वह जेल में पहुँच गया।

एक लंबी सांस लेकर, कैदी न. 90 ने अपना पक्ष रखना शुरू किया। *इस बार, सिया केवल उसे सुनती रही।*

वह उस शहर की एक छोटी व पिछड़ी कालोनी से सम्बन्ध रखता था। उसने छोटी आयु में पारिवारिक मजबूरियों की वजह से स्कूल छोड़ दिया तथा, रोज़ी – रोटी के लिए छोटा मोटा काम करता था। उसकी एक छोटी बहन भी थी परंतु उसके बारे में बात कर, मानो वह उदास हो गया। उसके चेहरे की मुस्कान अचानक चली गई।

सिया महसूस कर सकती थी कि उसका वहां पर होना शायद उसकी बहन से सम्बन्धित था। इस प्रकार के कई नकारात्मक विचार उसके मन में उठने लगे। कैदी ने अपनी कहानी का आगे वर्णन किया।

एक दुर्भाग्यशाली दिन, जब उसकी बहन घर के निकट रास्ते से गुज़र रही थी, कुछ सड़क छाप किनारे खड़े लड़कों ने उसकी बहन को छेड़ा। वह उन लड़कों को जानता था जो इसमें शामिल थे। जैसे ही उसे इसके बारे में पता चला, सिया के सामने बैठे कैदी और उनमें से एक लड़के के बीच, कहासुनी हो गई।

जैसे कि सामान्यतः होता, क्रोध के आवेश में, उस कैदी ने चाकू निकाला और उसके शरीर में भोंक दिया। उसने सिया को बताया कि वह दिखावे के लिए शौंकिया रूप से, अपने साथ चाकू रखता था। उसने हल्की सी मुस्कान के साथ यह स्वीकार किया कि *वह इसे अपने पास रखने में कोई बुराई नहीं महसूस करता था।* यह उसकी मुस्कान से स्पष्ट भी था।

वह लड़का घायल हो गया तथा यह देख, शायद डर के मारे, यह कैदी न. 90, अपने दोस्तों के साथ भाग गया। जल्दबाज़ी में, उसने चाकू निकट के नाले में कहीं फेंक दिया। कुछ घण्टे बीते तथा वह घर वापिस लौट आया।

वह जानता था कि हालात नियंत्रण से बाहर जा चुके थे परन्तु, उसे विश्वास था कि वह पकड़ा नहीं जाएगा। लेकिन, भाग्य को कुछ और ही मंजूर था। पुलिस ने जैसे तैसे, वह चाकू ढूंढ निकाला जिस कारण वह गिरफ्तार हो गया। उसे हिरासत में तुरंत ले लिया गया। उसके खिलाफ एक मुकद्दमा बनाया गया तथा उसे बिना उसका पक्ष सुने, जेल में डाल दिया गया।

उसने गंभीर व धीमे स्वर में बताया कि पुलिस को बताने वाला और कोई नहीं उसका ही कोई जान–पहचान व निकट का साथी था।

सिया ने उसकी कहानी को ध्यानपूर्वक सुना। उसका मस्तिष्क उत्सुकता से उथल पुथल हो रहा था।

'भैया जी, आपको गुस्सा आ गया और आपने चाकू मार दिया?' सिया ने अपने चेहरे पर उलझन भरे भाव से उसकी ओर देखा।

'मैडम, आखिर उसने मेरी बहन को छेड़ा, मुझे बहुत गुस्सा आ गया। मैंने चाकू

निकाला और मार दिया", उसने करारा जवाब दिया।

"और पता नहीं मैडम, कैसे पुलिस को चाकू मिल गया, हमनें तो फेंक दिया था।' शायद मेरा ही कोई दोस्त या जानकार था, जिसने धोखा दे दिया", उसने सहमी हुई आवाज में स्वीकार किया।

"पर आपने चाकू क्यों मारा, ये गुनाह है, आपको पता था ना?", सिया अब इस केस के बारे में, हर छोटी से छोटी बात को जानना चाहती थी।

'मैडम बहन का सवाल था, हम क्या करते। उस समय, जवान थे, गर्म खून था। बस हो गई ना गलती, मैडम जी।" इस बार, उसने तुरंत कठोरता के साथ जवाब दिया।

इस केस से संबन्धित और कई बातें कैदी न. 90 ने, सिया को सीधे, शांत, व स्थिर होकर अपने चेहरे पर स्थाई मुस्कान के साथ बतायीं। वह जानता था कि उसने गलत किया था परन्तु कहीं न कहीं, उसे इस बात की संतुष्टि थी कि उसने यह सब अपनी बहन के लिए किया था।

जो भी कारण रहा हो, उसने कानून को अपने हाथ में लिया था। उसका कृत्य सजा के योग्य था चाहे कितना भी न्यायोचित क्यों न हो। इसके बाद बातचीत आगे बढ़ी;

"आप अकेले ही हैं या शादीशुदा, कोई बीवी?" सिया ने अचानक, बातचीत की दिशा को मोड़ने का प्रयास किया, क्योंकि वह अब घटना के बारे में तकरीबन सब कुछ जान चुकी थी।

"मैडम, अब तो यहां, 4–5 साल बीत गए। बीच में एक दो दफा, ज़मानत भी मिली। बाहर गया, बहन की शादी करा दी। मेरी भी ज़िन्दगी में एक लड़की थी। जब दोबारा ज़मानत मिली तो मैंने भी अपनी प्रेमिका से शादी करली।""

वह फिर मुस्कराया, इस बार अपने चेहरे पर विस्तृत मुस्कान के साथ। इस पर सिया भी स्वयं को हंसने से नहीं रोक पाई, परन्तु वह अत्यंत अचंभित भी थी।

''शादी??! लड़की के मां–बाप शादी के लिए मान गए? उन्हें तो पता होगा ना कि आप जेल में सजा काट रहे थे?''

''हाँ मैडम जी, सब पता था। पर लड़की ने ज़िद जो कर ली। प्यार करते थे, इसलिए शादी करी। कभी–कभी मुझसे मिलने आ जाती है । याद तो आती है पर एक दिन तो यहां से जरूर निकल जाऊंगा ना, इस उम्मीद में समय बीत जाता है।'' उसने जल्दी जल्दी जवाब दिया –

वह आगे बोला;
''पर मैडम जी, यहां तो मेरे जैसे कई कैदी हैं। और काफी कैदी ऐसे भी हैं, जिनका कोई अपराध नहीं है। बस, उन्हें पकड़ के जेल में डाल दिया है। किस्मत के मारे हैं बेचारे।''

''कभी कोई वकील आ जाता है, कभी कोई नहीं आता। फिलहाल, मेरा केस एक नई वकील संभाल रही है, कुछ दिनों में अगली तारीख है...'', वह थोड़ा रुका, फिर गंभीर स्वर में कहा, ''शायद कुछ अच्छा हो जाए इस बार।''

सिया ने उसकी कहानी को पूरी रुचि एवं गहराई से सुना और अपने मन के विचारों में डूब गई। वह एक हंसमुख व्यक्ति लगा जो शायद बस, गलत समय में गलत जगह पर था। कई सारी दुर्घटनाएं, बिना किसी संज्ञान के रह जाती हैं। कई कैदी, बिना किसी दण्ड के छूट जाते हैं।

फिर भी, दुर्भाग्यवश, ऐसे कई विचाराधीन कैदी इस जेल में तथा दूसरी जेलों में थे जो कभी–कभी मामूली अपराधों के लिए महीनों व सालों तक सड़ रहे थे। या कुछ कैदी ऐसे भी जो स्वयं का कोई दोष ना होते हुए भी केवल संदिग्ध के रूप में जेल में वर्षों से, अपना जीवन व्यर्थ कर रहे थे।

यह तथ्य जानकर सिया को पीड़ा हो रही थी कि अक्सर, कैदियों को पता भी नहीं होता था कि आखिर उन्हें किस अपराध के लिए गिरफ्तार किया गया। वे कब मुक्त होंगे, इसका कोई अनुमान ना था। उन बेचारे कैदियों को कानून की प्रणाली व नियमों का जरा भी आभास नहीं होता था। वे यह तक नहीं जानते कि किस प्रावधान के अंतर्गत

उन्हें सजा दी गई।

क्या उनके पास कोई समाधान, उपाय उपलब्ध था, कैदी कुछ नहीं जानते थे।

फिर भी, उनके चेहरों पर आशा व संतुष्टि का भाव दिख रहा था, जो अद्भुत था। शायद उन्होंने अपने वर्तमान जीवन को अपना भाग्य या कर्मों का फल समझ, हंसी खुशी स्वीकार लिया था। या शायद उन्हें अभी भी उम्मीद थी कि एक दिन, वे यहां से ज़रूर बाहर निकलेंगे तथा अपनी दुनिया में, अपने परिजनों के पास वापिस जाएंगे।

यह सब सोच, तथा अपने विचाराधीन कैदी की ओर देखते हुए, सिया की आंखें नम हो गई। परन्तु, वह स्थान सिया के आँसुओं के बहने के लिए, उचित नहीं था। उसे अपनी संवेदनाओं को बाद के लिए संजो कर रखना था। उसने चुपके से अपने चेहरे को अपने दुपट्टे से पोंछा तथा फार्म में विवरण को भरा।

सिया ने अपने फॉर्म में, उन सभी तथ्यों को का जिक्र नहीं किया जो कैदी ने शायद भरोसा कर, सिया को बताया था।

इसके पश्चात, सिया कुछ अन्य कैदियों के साथ खड़े हो बातचीत करती रही। अब उनकी टीम का जेल परिसर से जाने का समय आ गया था। शाम के 5:45 बज चुके थे तथा उन्हें पहले ही काफी देर हो चुकी थी।

'सुधारवादी सिद्धांत' का विचार, जिसे सिया ने पढ़ा था, उसके मन में फिर से घूमने लगा। यकीनन, जेल की जिंदगी काफी बदल चुकी थी, यह कैदियों को व्यस्त रख रही थी। शायद, सबसे आदर्श तरीका यही था कि कैदी न. 90 जैसे लोगों को जेल में ना रख, उन्हें समाज के लिए कुछ करने का मौका प्रदान किया जाये।

सिया का मानना था कि उदाहरण के तौर पर, एक कैदी को उस पीड़ित के परिवार जनों कि सेवा करने का आदेश दिया जाये जिनको कैदी ने पीड़ा पहुंचाई और इस तरह स्वयं को पापमुक्त करने का अवसर मिले। कम से कम, इसी माध्यम से, कैदी का अपनी क्षमताओं का किसी सृजनात्मक कार्य में इस्तेमाल करना, एक बेहतर विकल्प हो सकता था।

परन्तु देश व भगवान का कानून ऐसा ही था; हर किसी को अपने पापों / कर्मों की सज़ा को इस जीवन में, जेल परिसर में समय काट ही शायद भुगतना होता है।

घटनाओं से परिपूर्ण दिन, अंततः, समाप्ति की ओर था। कैदियों के हाथों से बनाई गई चाय तथा, गर्मा—गर्म पकौड़ों व जलेबियों का आस्वादन करते हुए, इस दिन को समाप्त करने से बेहतर कोई दूसरा बेहतर तरीका शायद ही कोई हो सकता था।

यहां तक की कैदियों ने भी, सिया और उसके साथियों को अधिक से अधिक खाने के लिए मजबूर करने में आनंद प्राप्त किया।

पकौड़े, जलेबी व चाय, इन तीनों का मिलन एक संपूर्ण मिलन था, सिया ने ऐसा सोचा और खाने का लुत्फ उठाया।

जिस समय उभरते हुए वकीलों का दल इन्हें खाते हुए वहां खड़ा था, शाम के छः बज चुके थे तथा लगभग सूर्यास्त हो चुका था। *अब जाने का समय आ गया था।*

सिया की टीम ने सबका अभिवादन करते हुए, दिल से सबका धन्यवाद किया। अधिकारियों का उनके सतत सहयोग के लिए आभार प्रकट किया। वहाँ उपस्थित सभी कैदियों, विशेषकर कम्पयूटर कक्ष के प्रमुख का अभिनंदन किया।

सबको अलविदा कह कर, सिया, मुख्य सड़क की ओर निकलते हुए उसी गेट अर्थात जेल न. 5 के छोटे द्वार की ओर चलने लगी। एक लम्बा दिन अंततः समाप्त हो चुका था। 3 बजे से शाम 6 बजे तक के वे तीन घण्टे, सिया को जैसे एक पूरे जीवन काल के समान लगे।

द्वार से बाहर निकलने से पहले, सिया फिर एक बार मुड़ी और जेल न. 5 को आखिरी बार देखा।

सिया को विश्वास नहीं हो रहा था कि जेल से जाते वक़्त वह उदास क्यूँ थी। वह मन ही मन जानती थी कि उस असामान्य भाव को वह सिर्फ महसूस कर सकती थी पर किसी के भी सामने कभी शब्दों से ब्यान ना कर सकेगी।

सिया घर गई तथा पूरे दिन की घटनाओं को, एक रोमांचक फिल्म की तरह, हर एक दृश्य के विवरण के साथ अपने परिवार वालों को सांझा किया। इसके बाद, उसने अपने दिन का वृतांत सुनाते हुए फोन पर अपने मित्र सिद्धार्थ के साथ जेल के विषय पर घंटों चर्चा की।

अगले दिन कार्यालय में भी, उनके अनुभव से संबन्धित बातें चलती रहीं। आने वाले कुछ दिनों तक सिया प्रायः इन बातों को सोचती रही तथा उसने यह महसूस किया कि वास्तव में, असल मुकद्दमेबाजी तथा वकील बनने का असली उद्देश्य ऐसे कैदियों व विचाराधीन कैदियों की मदद करना ही था।

परन्तु दूसरे लोगों की तरह, जीवन की अन्य महत्वाकांक्षाओं ने, उसका ध्यान अपनी ओर आकर्षित कर लिया तथा वह उस जाल में उलझ गई जिसे 'जीवन' कहा जाता है। अपने भविष्य के कार्यों के साथ सिया आगे बढ़ गई।

पर, जेल के इस घटनाक्रम का प्रभाव उस पर हमेशा रहा। क्योंकि घटना के सालों बाद भी, जब भी सिया उस दिन के बारे में सोचती थी, जेल की प्रत्येक छवि जिसे उसने देखा या जो कुछ उसने अंदर सुना, बोला व अनुभव किया, उसके सामने अद्वितीय स्पष्टता के साथ सामने आ जाती थी।

इनमें सबसे महत्वपूर्ण कैदी न. 90 का वह मुस्कुराता हुआ चेहरा था, जिसे वह कभी ना भूल सकी।

****

पीछे देखते हुए; कानून के विद्यार्थी के रूप में जीवन

यह मेरे लॉ–कालेज के सभी मित्रों को समर्पित है, जिनमें से अधिकतर के साथ मैं आज संपर्क में नहीं हूँ। फिर भी, मैं उन सब से ये कहना चाहती हूँ कि मैं उनके बारे में प्रतिदिन सोचती हूँ। *सच कहूँ तो रोज़ ना सही परंतु कई दफा, मैं उन्हें याद करती हूँ।*

मैं अपने लॉ–कालेज के सुप्रसिद्ध *'कैम्पस लॉ–सैंटर'* परिसर को कभी नहीं भूल सकती। एक ऐसा स्थान, जहाँ पर मैंने अपने जीवन के तीन निर्णायक वर्ष बिताए। उस अनुभव ने, मेरे जीवन के पथ को बदल दिया तथा मुझे वहां ला खड़ा किया, जहां पर मैं आज हूँ।

वर्षों बाद, एक दिन मैं यूनिवर्सिटी के क्षेत्र से अपने मित्र के साथ गुज़र रही थी। उसे वहाँ प्रशासनिक विभाग में कुछ काम था। ना चाहकर भी, मैं अपने आप को उस स्थान पर जाने से नहीं रोक सकी जो तीन लम्बे वर्षों तक, मेरा निवास था। जब मैं दिल्ली यूनिवर्सिटी में स्थित अपने कॉलेज के गेट पर पहुँची तथा अंदर की ओर चलने लगी, *ऐसा लगा मानो, वक़्त पीछे चला गया और सब कुछ मेरी आँखों के सामने दोबारा आगया।*

उन तीन लम्बे वर्षों में, दिल्ली के लोकप्रिय *'नार्थ कैंपस'* तक पहुँचने के लिए मैंने यथासंभव यातायात के हर साधन जैसे कि, *बस, ऑटो, मैट्रो, रिक्शा, कार व पदयात्रा*– सभी का उपयोग किया था। उन दिनों, कालेज तक पहुँचना एक मिशन के समान लगता था। सबसे ज़्यादा निराशा तब होती एवं क्रोध तब आता था जब इतनी मेहनत कर कॉलेज

पहुँचने पर, ये पता चलता कि सम्बन्धित अध्यापक नहीं आए हैं या उस दिन के लैक्चर रद्द कर दिये गए।

कॉलेज के अंदर पहुँचते ही, ऐसा लगा जैसे, मेरा पहला कदम, नियमित रूप से स्वयं ही, मुझे मेरे पसंदीदा बैंच की ओर ले गया, जहां से मैं पूरे कॉलेज का सर्वश्रेष्ठ दृश्य प्राप्त करती थी। मैंने कैंपस में चारों ओर देखा। हर दिन की यादें मेरे मस्तिष्क में लौटने लगीं। यह वही वट वृक्ष था, उसके पास वही व्यक्ति था जो मेरा पसंदीदा बंटा सोडा बेचा करता था। इस वृक्ष के नीचे युवा पीढ़ी की चाय के साथ देश के मुद्दों पर अंतहीन चर्चा चलती थी।

सभी ताज़ा गपशप इस वटवृक्ष के इर्द-गिर्द होती थी तथा यह अलग-अलग तरह के विषयों का एकमात्र ठिकाना था। मैं खुद को अपने पसंदीता छोटे से *नेसकैफे* कियॉस्क तक जाने से नहीं रोक पाई। मेरी नज़र उस स्थान की ओर गई जहां पर प्रत्येक लैक्चर की समाप्ती के बाद हमारा सुप्रसिद्ध 7–8 लड़कियों का गैंग, इस *नेसकैफे* कियॉस्क के सामने बैठ पागलों की तरह हंसता था।

इस नेसकैफे क्षेत्र के पास बहुत सारी तस्वीरें खींचीं गई थीं। तथा जैसे ही मैंने उन यादों को ताज़ा किया, एक हल्की सी मुस्कान मेरे होंठों पर आई। हमेशा की तरह, मैंने अपनी पसंदीदा कोल्ड कॉफी व चॉकलेट मफिन आर्डर किए, जिनका स्वाद अभी भी वही था।

जब मैं अपनी कॉफी का आस्वादन करने के लिए बैंच पर बैठी हुई थी, मैंने कुछ लड़कियों को, छोटे छोटे प्यारे से पिल्लों को दूध के पैकेट तथा बिस्कुट देते हुए देखा। मुझे आकस्मात याद आया कि किस प्रकार, यह ही मेरा कॉलेज में पहला दृश्य हुआ करता था, जब मैं प्रातः 8:30 बजे यहाँ पहुँचती थी।

हमेशा की तरह मैं एक पिल्ले को उठाने का साहस नहीं जुटा पाई चाहे वह कितना भी प्यारा क्यों न हो, क्योंकि मुझे, इनसे बहुत डर लगता था। *मैं ये नज़ारा दूर से ही देखती थी।*

इस कालेज ने मुझे *छात्र-राजनीति* का सर्वश्रेष्ठ व सबसे बुरा रूप देखने का अवसर प्रदान किया, खास कर प्रतिवर्ष अगस्त-सितम्बर में होने वाले यूनिवर्सिटी चुनाव

के दौरान। लगातार बजने वाले हूटर्स, प्रदर्शन, अव्यवस्थित तकरार, मंत्रोच्चारण, क्लास रूम समयसारिणी में दखल डालते थे।

मैं स्वयं को खुद यह याद करने से नहीं रोक पाई कि यह सब किस प्रकार ये सब हमें कालेज जाने के लिए और भी रोमांचित व आवेशित करता था और हम अपने माता–पिता के लाख मना करने के बावजूद, इस दौरान कालेज चले जाते थे।

जब मैंने वटवृक्ष के निकट एक कोने में, पुस्तक विक्रेता की दुकान पर बहुत भारी भीड़ देखी, इस दृश्य ने मेरे चेहरे पर एक बड़ी मुस्कान लाई। कानून की पढ़ाई करते समय, मैंने पहली बार परीक्षा की अवधारणा का अनुभव किया था। वास्तव में, यह एक अग्निपरीक्षा के समान था। *वह तीन घण्टों की परीक्षा कभी न समाप्त होने वाली घटना के समान लगती थी।*

एक सत्र के समाप्त होने के बाद जैसे ही हम थोड़ी चैन की सांस लेने लगते, दूसरा सत्र तुरंत शुरू हो जाता तथा *'अध्ययन मोड'* पलक झपकते ही हमारी ज़िंदगी में वापिस आ जाता। अपने पूरे जीवन में उच्च सफलता हासिल करते हुए, इस कालेज ने मुझे पहली बार *'60'* प्रतिशत अंक प्राप्त करने के सही महत्व का एहसास करवाया।

कालेज में 60 प्रतिशत से अधिक अंक प्राप्त करना एक चुनोती पूर्ण कार्य था तथा इस प्रतिशत को बनाए रखना उससे भी बड़ी चुनौती थी। यकीनन सभी को हैरान करते हुए, सौभाग्यवश, मैं पहले ही सत्र से, 'स्पैशल 60' लीग का हिस्सा थी।

जब मैंने कैंपस में कुछ छात्रों को काले व सफेद रंग के परिधान पहने हुए देखा, मुझे यह समझने में अधिक समय नहीं लगा कि यह कालेज की नई यूनिफार्म नहीं थी परन्तु कुछ अलग था। मेरा अनुमान था कि वे संभवतः अपनी *'इंटर्नशिप'* कर रहे थे।

यह शब्द तुरंत मेरे मन में उठा। मुझे यकीन है कि इस तरह के लॉ–कालेजों में 'इंटर्नशिप' एक मशहूर शब्द था और आज भी प्रचलित होगा। कालेज में काले व सफेद रंग की वेशभूषा में आने से अभिप्राय लगाया जाता था कि वे किसी वकील या किसी लॉ–फार्म या किसी ऐसे व्यक्ति के अधीन *इंटर्नशिप* कर रहे थे जो कानून के क्षेत्र के साथ जुड़ा हुआ था।

जिस क्षण हम कॉलेज में प्रवेश करते, पहला प्रश्न पूछा जाता, *"आप कहाँ इंटर्न कर रहे हो?"*

जब मेरा कोई भी सहपाठी यही प्रश्न पूछता, शुरुवात में यह मुझे भी हैरान करता। परन्तु समय के साथ, मैं इसकी आदी हो गई। यदि कोई किसी नामी लॉ–फार्म या किसी प्रसिद्ध वकील के अधीन इंटर्नशिप प्राप्त कर लेता तो यह मानो पूरे शहर की ताजा खबर बन जाती।

इंटर्नशिप / ट्रेनिंग के बारे में सोचते हुए, मेरे मन में यह विचार जागे कि किस प्रकार मुझे पूरी तरह से आश्चर्यचकित करते हुए कानून ने मुझे सिखाया कि कई बार पैसे को किनारे रखना पड़ता है। साथ ही, *"जब तक भुगतान नहीं तब तक काम नहीं"* के नियम भी प्रायः दरकिनार करने पड़ते हैं।

परन्तु वह एक आनंदमय समय था।

कैंपस के अंदर मुझे एक घंटा हो चुका था तथा अपने आस–पास के छात्रों की नज़र पड़ने से डरते हुए, मैंने निर्णय किया कि अब यहाँ से जाने का समय आ गया है।

जैसे ही मैं बाहर की ओर चली तथा थोड़ा आगे 'पटेल चेस्ट' बस स्टॉप की ओर गई, कुछ बसों को अपने सामने देखकर मैं छोटे बच्चे की तरह उत्साहित हो उठी। इस दृश्य ने मुझे अपनी सबसे अधिक अद्भूत याद दिलाई, जिस कारण लॉ–स्कूल मेरे लिए खास था तथा आज भी खास है *दृद यू स्पेशल* (U–SPECIAL) बस सेवा।

कानून के साथ मेरे 3 वर्षीय इस सम्बन्ध का मैं धन्यवाद करती हूँ, जिस दौरान मैंने इस सुन्दर यूनिवर्सिटी स्पैशल बस को ढूंढ निकाला, जो एक शानदार व विचित्र अनुभव था। मेरा बस गैंग, जोश से पूर्ण साथियों की एक टोली थी जो हमेशा, बिना किसी वजह ज़ोर–ज़ोर से हँसते, बातें व बहस करते थे। उन्हें मैं कभी भुला ना सकी। यू–स्पैशल में सफर करना एकमात्र कारण था जो मुझे 7:45 बजे तक बस स्टॉप पर पहुँचने के लिए सुबह 5:45 जागने के लिए प्रेरित करता था।

मैंने कभी नहीं सोचा था कि सुबह जल्दी कॉलेज जाना इतना मनोरंजक होगा तथा

लम्बी दूरी को बहुत ही कम समय में पार कर लिया जाएगा। किसी भी दूसरी चीज से अधिक मैं यू– स्पैशल व अपनी गैंग की कमी अक्सर महसूस करती हूँ।

जिस पल मैंने बस को देखा, मैंने अपने मित्र को इसे पकड़ने और उस बस में सफर करने के लिए मजबूर किया जो मुझे मेरे कार्यालय के निकट उतार देती।

उस पल मेरे मन ने वाकई चाहा कि काश मैं समय में वापिस जा पाती। काश मैं एक अधिकारी न होकर एक बार फिर से एक छात्र बन पाती। परन्तु तभी मुझे एहसास हुआ कि मुझे मेरे कार्यालय, जल्द ही लौटना है।

नम आंखों के साथ, मैंने अपने कॉलेज को आखिरी अलविदा कहा।

चहल–पहल से भरे नार्थ कैंपस की गलियों को फिर एक बार, गौर से देखा और अपने मन को सांत्वना दी कि किसी दिन ज्यादा लम्बे समय के लिए फिर वापिस आऊंगी। वही भवन, वही पेड़ों की पंक्तियां, वही आलू–चाट व भेल–पूरी वाला, वही बस स्टैंड जहां पर मैंने, यू– स्पैशल बस का इंतजार करते हुए घण्टों बिताए, *हर चीज़ वही लगी, फिर भी सब कुछ बदल गया था।*

जीवन में परिवर्तन ही निरंतर था और है, यही कठिन सत्य था और शायद रहेगा। यकीनन इस जीवन को आगे बढ़ना था और मुझे अपने वकालत के सफर में और ऊंचाइयों को पाना था।

मेरा यह आज भी पूर्ण विश्वास है कि व्यक्ति के जीवन के विभिन्न चरणों में, छात्र जीवन के चरण से अभ्दुत एवं यादगार कोई दूसरा अनुभव नहीं है।

****

उपसंहार

"पुस्तक के पीछे की कहानी":

"आपकी सिया एल एल. बी". – कभी सोचा ना था की मेरी पहली पुस्तक *'यौर्स लीगली'* (Yours Legally) का हिन्दी अनुवाद प्रकाशित होगा। हिन्दी से मुझे बहुत लगाव है और मुझे अत्यंत खुशी है की मेरी किताब अब हिन्दी पाठकों तक भी पहुँच पाएगी।

यह शायद सुनने में अजीब लगे, परन्तु *'यौर्स लीगली'* (Yours Legally) का प्रथम ड्राफ्ट वास्तव में वर्ष 2012 में लिखा गया– छ: वर्ष पूर्व!! मेरा विश्वास करें, यह सत्य है।

मैंने पहले प्रलेख (ड्राफ्ट) को सन 2012 में कई प्रकाशन कम्पनियों को प्रेषित किया था, परंतु मुझे उस वक्त मुझे या तो केवल अस्वीकृति मिली या कोई भी जवाब एवं प्रतिक्रिया नहीं प्राप्त हुई। यह एक अभिलाषी लेखक के लिए काफी निराशाजनक था। *सच कहूँ तो, प्रकाशक के उत्तर का इंतज़ार करना, चाहे यह अस्वीकृति ही क्यों न हो, एक उभरते हुए लेखक के लिए सबसे कठिन कार्य है।*

यह शायद कई भूमिकाओं के लिए ऑडिशन देने तथा अपन लिए सही स्क्रिप्ट का इंतजार करने के समान है। इस मामले में स्क्रिप्ट तैयार थी परन्तु, निर्माता व निर्देशक का इंतजार था। किसी भी कंपनी से जवाब ना मिलने से लंबे समय में मेरा साहस परास्त हो गया तथा मैंने, इस ड्राफ्ट को, बाद में दोबारा सुधारने के लिए एक ओर रख दिया। हालांकि इस अनुभव ने, मेरे लिखने की इच्छा को कभी कम नहीं किया। पिछले कुछ वर्षों में मैंने अपने ब्लॉग के द्वारा अपने लिखने के शौक को ज़िंदा रखा एवं इसे और संवारा।

इस कहानी के पीछे की कथा पर लौटते हुए, जैसा कि जीवन में अक्सर होता है, शीघ्र ही मैं भी अपने दैनिक जीवन में व्यस्त हो गई। विवाह, काम में परिवर्तन, अपने जीवनसाथी के साथ एक नए शहर में ज़िंदगी की शुरुआत तथा उसके उपरांत माँ बनना; इस सब में मैं पूरी तरह अंतरग्रस्त हो गई।

परन्तु दिल की गहराई में, अपनी पुस्तक को प्रकाशित करने तथा अपनी रचना के मुख–पृष्ठ पर एक लेखक के रूप में अपना नाम देखने की इच्छा, मेरे मन से नहीं निकल रही थी।

सन 2018, दिसम्बरः एक दिन, कुछ ऐसा हुआ की मानो, मेरे पिछले छः वर्षों के इंतजार का फल मुझे एक ईमेल के माध्यम से मिला। उन दिनों मैं अपने पाँच महीने के पुत्र के साथ मां की भूमिका में व्यस्त थी। *21 दिसम्बर 2018–* मैं ये दिन कभी नहीं भूल सकती। रोज़ की तरह, मैं अपनी निजी ईमेल देख रही थी परंतु अचानक, एक ई–मेल ने मेरा ध्यान विशेष रूप से आकर्षित किया।

वह ई–मेल "लीडस्टार्ट पब्लिशिंग" से आयी थी जो पूर्णतया अनपेक्षित थी। स्पैम मेल व अनगिनत प्रोमोशनल ई–मेल जो हर दिन मेरे इन–बाक्स को भरा करती थी, उनके बीच में यह एक ई–मेल। मैंने शीर्षक में *"लीगली यौर्स'* (Legally Yours) (उस समय का शीर्षक), पढ़ा जिसने मुझे अत्यंत आश्चर्यचकित किया। उत्सुकता के साथ मैंने ई–मेल खोली और पाया कि उन्होंने मेरे छः वर्ष पूर्व भेजे ड्राफ्ट की ओर अब प्रतिक्रिया दी है।

ईमानदारी से कहूँ, मुझे यह याद व समझने में थोड़ा समय लगा कि मैंने इतना समय पहले क्या भेजा था तथा अब इस बारे में पृथ्वी पर चर्चा क्यों हो रही थी??!!

मेल में लिखे संदेश को पढ़, मेरे चेहरे पर एक बड़ी मुस्कान आई क्योंकि मुझे यह सूचित किया गया था कि मैं अब उनके सहयोगी कंपनी *'बिकम शेक्सपियर'* (BecomeShakespeare) के *'वर्डिट आर्ट फंड'* को प्राप्त करने के योग्य हूँ।

यह फंड मेरे जैसे उभरते हुए लेखकों को, परम्परागत पुस्तक विक्रेताओं की दुष्कर प्रक्रिया में से गुजरने के बिना तथा, लेखकों के द्वारा बड़ा निवेश किए बिना, अपनी पुस्तकों को प्रकाशित करवाने में सहायता करता है। इस बात को जानकर की वे नए लेखकों को ऐसा सुअवसर प्रदान कर रहे हैं तथा मैं उनमें से एक हूँ, मेरी खुशी की कोई ठिकाना नहीं रहा।

जैसा कि ई–मेल में बताया गया था, मैंने *वर्डिट आर्ट फंड* के साथ जुड़ी सुश्री पूजा दत्त से संपर्क किया। उसके पश्चात, सुश्री मिरल इस सफर में मेरी *'प्रोजेक्ट मैनेजर'* ही

नहीं परंतु मेरी एक साथी, दोस्त, मार्गदर्शक एवं समीक्षक भी रही। फरवरी 2019 में मेरी अँग्रेजी पुस्तक *'यौर्स लीगली'* (*Yours Legally*) प्रकाशित हुई। पिछले एक वर्ष में, सौभाग्य से मेरी किताब को बहुत प्यार एवं प्रचार मिला। मैंने कभी सोचा ना था की भारत एवं बाहर के विभिन्न प्रान्तों में रह रहे पाठक मेरी किताब को इतना पसंद करेंगे। यह देख, मुझे अत्यंत खुशी मिलती है।

जहां इस वक़्त हम एक कोरोना महामारी से जूझ रहे हैं, वहीं मैंने पाया की लॉक डाऊन के कारण कई लोगों में, घर रहते हुए, किताब पढ़ने का उत्साह जागा। सौभाग्यपूर्ण, मेरी पुस्तक का *'ई बुक'* प्रारूप काफी इच्छुक पाठकों ने खरीदा।

हिन्दी मेरी मातृभाषा है और मुझे अत्यंत दुख होता है की आज की पीढ़ी, अँग्रेजी को ही महत्व एवं ऊंचा दर्जा देती है। परंतु मेरा यह विश्वास है की भारत में, आज भी हिन्दी जीवित है और ऐसे कई पाठक हैं जो हिन्दी किताबें एवं उपन्यास पसंद करते हैं। तभी मैंने अप्रैल 2020 में मेरी अंग्रेजी पुस्तिका *''यौर्स लीगली'* का हिन्दी अनुवाद प्रकाशित करवाने का निर्णय लिया।

मेरे पहले प्रकाशक *'बिकम शेक्सपियर'* ने ही इस प्रोजेक्ट में मेरा भरपूर साथ दिया।

"आपकी सिया एल एल एल बी.,'' हिन्दी भाषा को समर्पित।